路上ライブであるのに
客は誰一人いない。
遠くから見たら、
そこだけ温度が低く見える。
とても容易く近寄れるような
雰囲気ではなかった。
奈良《なら》原《はら》時雨《しぐれ》

芝草融
しばくさとおる

片岡理沙
かたおかりさ

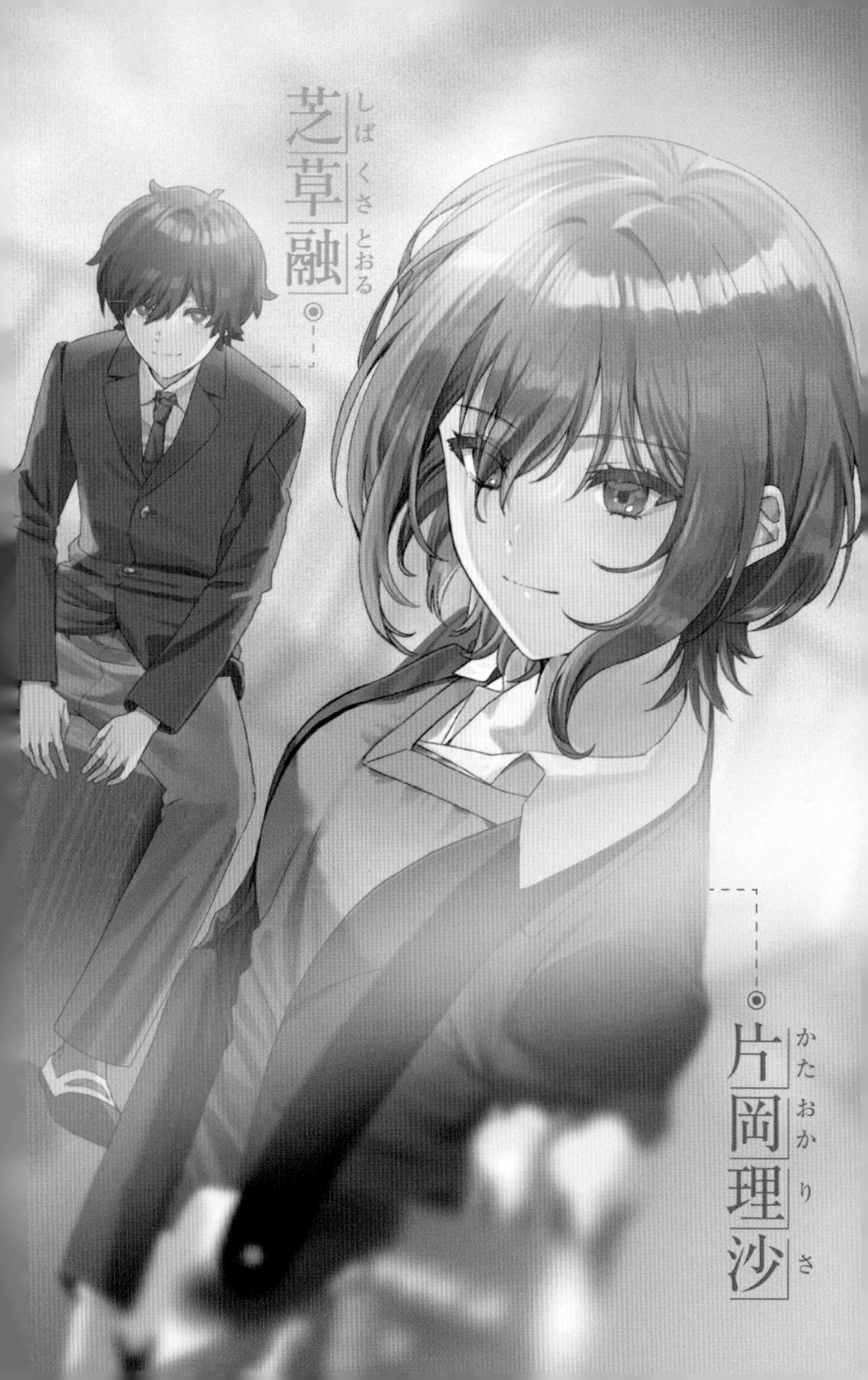

時雨の歌い出しで
一気にその場の空気が変わる。
それまで僕らのセッションに
全く興味がなかった彼女ですら、
いつの間にかベースを手にして
低音を刻み始めていた。
エレキベースの生音は小さいが、
確かに僕らの演奏に
合わせるように弾いている。

「ごめんなさい……、
私やっぱり、
歌えそうにない……」

バンドをクビにされた僕と推しJKの青春リライト

水卜みう

角川スニーカー文庫

23967

CONTENTS

第一章　破戒無慙八月

Band wo Kubi ni sareta boku to OSHI JK no Seishun Rewrite

「——まあ、平たく言うと、メジャーデビューの条件はドラマーである芝草《しばくさ》融《とおる》くんの脱退、ということになるね」

　とある八月の暑い日の昼下がり、場所は東京の大手レコード会社の会議室。

　目の前にいるお偉いさんは、僕、芝草融の所属するロックバンド——『ストレンジ・カメレオン』がメジャーデビューするための条件を突きつけてきた。

　その条件はシンプル。

　メジャーデビューのためには僕がこのバンドを辞めなければならないということ。それは、僕に対する事実上の解雇宣言。

「そ、そんなバカな条件、冗談ですよね……？」

「冗談に聞こえるのかい？　ならば君は自分の立場をわかっていない相当な楽天家だねえ」

　そのお偉いさんの口調と、全然笑っていない目つきに僕は肝を冷やす。

「今どきはかなりテクニカルなドラミングが求められるからねえ。もっと上手《うま》いサポートドラマーを連れてきたほうが、ストレンジ・カメレオンというバンドの表現の幅はどんどん広がるのよ」

お偉いさんはそう続ける。

「そ、それは確かにそうかもですけど……」

「んで、そのためには君のドラムがボトルネックってわけ」

「僕のドラム、そんなに下手ですか……？」

「いや、まあ、一応メジャーデビューのお声がかかるくらいの腕前はあるんじゃないの？　でも結局その程度だってことくらい、君にも自覚はあるよね？」

チクチクと刺さるお偉いさんの言葉に、僕は声を出せなくなった。

ドラムの腕前は自分でもよくわかっていた。頑張って毎日基礎練習を重ねてきたけれど、ずば抜けた技術なんてものはない。僕より上手い人などこの世界にはごまんといる。

「図星のようだね。じゃあもう、脱退してもらう以外ないんじゃないかな？」

でもやっぱりバンドは辞めたくない。こうなったら、仲間からの信頼関係に頼る他ない。

僕はとっさに、同席していたバンドのギターボーカルである岩本陽介《いわもとようすけ》に助けを求めた。

「よ、……陽介はどう思っているんだよ。こんな話、まさか飲むなんて言わないよな……？」

お偉いさんがこう言っていても、バンドの大黒柱である陽介が止めてくれるならば、まだ続けられるチャンスがある。高校時代から一緒にバンドをやってきた仲間だ。そう簡単に受け入れることなんてないだろうと、僕はわずかな望みを彼の言葉に託すことにした。

だが、その望みはすぐに潰《つい》えることになる。

「……俺は、メジャーデビューしてもっと上に行くために犠牲を払うのは仕方がないと思っている。だから融、申し訳ないがここはバンドから抜けてほしい」

僕は言葉が出なかった。

つい先程まで味方だったはずのバンドメンバーが、ここに来て手のひらを返してきたのだ。

陽介は更に、僕の心を闇へ突き落とすように追い打ちをかける。

「正直なところ、やってみたい曲はたくさんあるが、ドラムがネックでチャレンジできないなんてことが結構あるんだ。だからこそ、メジャーで勝負していくなら、ここでお前と決別する必要があると思う」

綺麗事《きれいごと》のように聞こえるその陽介の言葉。僕への決別宣言は、心に鋭く突き刺さってきた。今までの努力は何だったのかと、僕は涙が溢《あふ》れそうになる。

「……なあ、嘘《うそ》だよな？　さすがに嘘だよなぁ？　だ、だって……、十年も一緒にバンドをやってきて、今になってクビとか……、そんなことないよな……？」

「……嘘じゃない。これは音楽人として生き残るために下した苦渋の選択なんだ、わかってくれ」

「そ……、そんな……」

僕は膝から崩れ落ちた。ショックを受けると、人というのは足腰に力が入らなくなるのだなと改めて感じた。十年苦楽を共にしてきたメンバーですら、僕を守ろうとはしてくれなかった。しかも、他のメンバーからも異論がないところを見ると、事前に根回しがされているように思える。

おそらく僕の脱退は既定路線だ。歯向かったところで状況が変わるかといえば、そうではない。僕は、クビになる運命だったのだ。

「……わかりました」

吐き出したい感情をぐっと押し殺して、僕は首を縦に振ることしかできない。バンド漬けだったこの二十六年の人生で、ここまで悔しい思いをしたのは初めてだ。

「すまん融……、本当は誰一人欠けずにメジャーへ行きたかったんだが……」

陽介や他のメンバーは申し訳なさそうに頭を下げる。

表向き彼らは僕に対して謝罪の態度や言葉を向けてくるが、内心そんなことは全く思っていないだろう。だって、僕がいなくなることで晴れてメジャーデビューできるのだ。厄介者を排除するのが必須条件とあれば、彼らはやすやすと仲間を裏切る。

そんなことはこの業界にはよくあることだ。と、世話になった先輩から聞いたことを僕は思い出した。

「そうかそうか、じゃあ改めてストレンジ・カメレオンのメジャーデビューは決定ということだね。これからよろしく頼むよ」

お偉いさんはそう言うと席を立つ。おそらくこれから、残されたバンドメンバーにはメジャーデビューの契約についての話があるのだろう。

一方で僕はといえば、この時点でもう立派な部外者だ。あと一秒でもこんな場所にいたくないと思った僕は、逃げるようにその会議室を出た。

僕のこのバンドでの十年間は、なんの意味も持たない時間だった。自分の実力のなさと、ここまでの人生の選択、それら全部を僕は憎んだ。

やり直せるものならば、やり直したい。そんな叶《かな》うわけのないことを思いながら帰り路を歩き、気がつくと僕は自宅のベッドに横たわっていた。

芝草融二十六歳、夢破れた瞬間だった。

※　※　※

それからの僕の生活は荒《すさ》みに荒んでいた。本職であるドラムを叩《たた》くことはもちろんなく、生活費を稼ぐためのアルバイトにも行かない。ただ部屋に籠もって嫌なことを忘れるために酒を飲み、時間という時間を消費していた。

「クソっ……なんで僕ばっかりこんな目に……」

ここ数日アルコールが切れることはなかった。酩酊《めいてい》する意識の中、悔しい気持ちを独り言として吐き出すことを繰り返している。

傍《はた》から見ればどうしようもない大人に映るだろう。しかし、生《い》き甲斐《がい》にしていた自分のバンドを追放されるような形で辞めることになったのだ。誰だってこんな風に自暴自棄になる。

今頃、元いたバンドやレコード会社のウェブサイト、ＳＮＳなんかではメジャーデビュー決定の発表がなされ、ファンは大いに沸いていることだろう。多分その中に、僕が脱退することに対して悲しんでいる人なんていない。

誰にも認識されないまま、静かに表舞台を去っていくのがこんなにも辛いのかと、そんなことを思い出す度に僕は心を抉《えぐ》られている。


気を紛らわすために部屋にはずっと音楽を鳴らしていた。

もちろん自分のバンドの曲や親しい仲間の曲など聴く気はしないので、遠い世界にいるような人の曲を選んでいる。――その歌の主は奈良原時雨《ならはらしぐれ》、今をときめくシンガーソングライター。

彼女の印象を一言で表すなら『透明感』だろう。歌声にも容姿にも、この世の物とは思えない透き通った感じがある。

アイドルではないのでこういう表現をしていいのかどうかはわからないが、彼女は僕の『推し』であると胸を張って言える。それくらい好きだ。そしてその特異なキャラクターと唯一無二の楽曲は、リスナーたちの心を鷲摑《わしづか》みにした。ミュージックビデオやサブスクリプションの再生回数は国内随一となり、今や街を歩けば彼女の歌声を耳にしないことはない。

メジャーデビュー直前で戦力外となった僕とは、まるで月とスッポンの差だ。

ただ、不思議なことに僕は彼女と少しだけ面識がある。奈良原時雨は、実は僕と同じ学校の同じ部活に所属していたのだ。

彼女は容姿こそ目立つが、何故《なぜ》かあまり人を寄せ付けない存在だった。所属していた部活――軽音楽部でもほぼ幽霊部員のような感じ。案の定、周囲に馴染《なじ》むことなくいつの間にか部活を辞め、学校を辞め、そしていつの間にか歌手デビューをし、スターへの階段を駆け上がっていったのだ。

彼女とまともに会話をしたのは、最初に出会ったときのあの一回きりだ。それでも鮮烈に覚えている。当時は高校生ながら、本当にこの人とは住む世界が違うのだなと思った。あんな風になれたら僕も違う人生を歩んでいたのかなと、酔っ払いながらぼんやりそんなことを考えていた。

もう何時間酒を浴びているだろうか。窓の外はすっかり暗くなっている。

オーディオからは一週間前にリリースされた奈良原時雨の新アルバム、『トランスペアレント・ガール』の中に入っている『Re：』という曲が流れている。

この曲は今の僕にはよく刺さる。それは、人生をもしやり直せたらこうしたいという気持ちを歌ったものだったから。孤独な青春時代を送ってきたという奈良原時雨が歌うことによって、その歌のメッセージ性や音楽性がより強く引き立っている。間違いなくこの曲は名曲と呼ばれるようになるだろう。

一方でつけっぱなしのテレビからはゴールデンタイムのバラエティ番組が放送されている。当然、見る気なんて起きやしない。静かになるとまた余計なことを考えてしまうので、とにかく騒がしくしておくために惰性でつけているだけ。途中で番組の間に挟まるニュースなんかも、内容は全く入ってこない。

しかし、とある臨時ニュースが流れたとき、僕は正気に戻った。その内容が己の耳を疑わざるを得ないものだったから。

『速報です、人気シンガーソングライターの奈良原時雨さんが、今夜一九時半ごろ自宅マンションのベランダから転落したという情報が入ってきました。現在奈良原さんは救急搬送され都内の病院で――』

「えっ……？　うそ……、だろ……？」

あれだけ酒を飲んだのにもかかわらず、酔いが急に醒《さ》めた。

自宅マンションのベランダから転落。そう表現すると事故のように聞こえなくもないが、実際は自ら飛び下りたというのが正しいだろう。

すなわちそれは、自殺を図ったということ。

あの天才シンガーソングライターである奈良原時雨が、この世を憂えて自ら命を絶とうとしたのだ。シンプルに僕はショックを受けた。

「なんでだよ……、そんなとこまで、新曲の通りにしなくたっていいじゃないか……」

彼女が『Re：』という歌に込めたメッセージというのは、この世に対する絶望であったのかもしれない。成功者であっても、そこには成功者なりの悩みがあって、自分ではもう手に負えなかった。そんな素人なりの考察が、僕の酔った脳みそを駆け巡る。

あの奈良原時雨ですらこの世界には嫌気が差すのだ。底辺で這《は》いつくばっている僕なんて、もうどうしようもない。

心の中へ絶望感が一気に注ぎ込まれたような感覚だった。

バンドをクビにされて生きがいを一つ失い、さらには推しがこの世からいなくなってもう一つの生きがいさえ失ってしまったのだ。

「……俺も、ベランダから飛び下りたら人生やり直せるかな……」

ふと、そんな言葉が口から出てきた。冗談めいた言葉のようではあるけれども、本心に限りなく近いそんな言葉だった。

彼女がどんな大きな闇に包まれていたかは知る由もない。でも、僕だって今相当な絶望を抱えている。人生をやり直せるならば、喜んで飛び下りる用意だってある。

この突然湧き立ち上がる衝動を止めるブレーキが今の僕にはなかった。

気がついたら何かに取《と》り憑《つ》かれたかのようにベランダの手すりに手をかけていた。そうして、あと一呼吸で飛び立てるというところで、僕の意識はそこでブラックアウトした。

傍から見れば奈良原時雨の後追いみたいに見えるだろう。

でもその時の僕は彼女の気持ちが痛いほどわかった。それどころか、ここで飛び下りれば本気で人生をやり直せると信じてやまなかったのだ。

やり直すために一度終わらせよう。それが奈良原時雨からのメッセージだったようにも思える。

——身体は重力に逆らうことなく地面へと向かっていく。

そして、僕の人生はここで一旦幕を閉じることになった。

第二章　透明少女

Band wo Kubi ni sareta boku to OSHI JK no Seishun Rewrite

「融《とおる》ー！　早く起きなさい！　遅刻するでしょ！」

懐かしい母の声がして、僕は目が覚めた。永遠にも近い眠りだったような気がする。よく寝たというより、生き返ったというようなそんな気分だった。

目をこすって周りを見るが、いま自分のいる場所がどこなのかすぐには理解できなかった。

ここは一人暮らしをしていたあの部屋ではない。でも、この風景には覚えがある。

「……ここは、実家の僕の部屋……？」

実家の二階、壁には人気バンドのポスターなんかがたくさん貼ってある、いかにもバンドキッズな部屋だ。本棚には参考書や辞書は全くなく、漫画と小説、それとバンドスコアがぎっしり詰まっている。ドラム練習用のゴムパッドやスタンドが乱雑に置かれていたり、食卓の箸立てのようにドラムスティックが挿さりまくったペール缶が横倒しになっていたりと、僕らしさ満点の六畳間。

意識が落ちる前の最後の記憶は、一人暮らしをしていた部屋で酒浸りになっていたことだった。

奈良原時雨《ならはらしぐれ》がベランダから飛び下りたニュースのあと、さらに飲みすぎで記憶を飛ばしてしまったのだろうか、それ以後の記憶はポッカリと抜けている。

「……あれ？　僕は酔っ払って実家に帰って来てしまったのか？」

普通に考えたらそういう結論にたどり着く。酔っ払った勢いで電車やタクシーなんかに乗り、帰巣本能だけで実家にたどり着いた。そうしてそのまま酔いが覚めるまで布団で寝かされたのだと思えばなんとか辻褄《つじつま》は合う。

だが昨日、しこたま酒を飲んでいたとは思えないくらい身体はスッキリしている。翌日に酒が残りやすいタイプだっただけに、ダメージが全くと言っていいほどないのが不気味だ。

ふと我に返った僕は、手持ちの貴重品を捜し始めた。酔っ払っていたのだから、財布やスマホを失くしている可能性もある。変なところで落としていたりしたらそれはそれで面倒なことになる。

「……あれ、僕のスマホは一体どこに？」

肌身離さず持っていたスマホが僕の手元にはなかった。やっぱり酔っ払って失くしてしまったかもしれない。あれがなくなると、生きていけないわけではないが相当な不便を強いられる。買い換えるのも金銭的に馬鹿にならない。

部屋を見回すと、学習机の上に充電ケーブルの挿さったスマホが置いてあった。僕はそれを見て安堵《あんど》する。しかしすぐさま、今度は別の違和感に襲われた。

「……こんな旧機種、僕は使っていないぞ」

そこにあったスマホはおよそ十年前のモデルだった。高校時代に使っていた機種なので、僕にはよく覚えがある。しかもそれは、十年間使用された物とは思えないほどキレイな状態だった。

僕は恐る恐るスマホの電源ボタンを一回押した。表示されるのは現在の時刻、『午前六時三十七分』と『四月三日火曜日』が表示され、壁紙には昔実家で飼っていた柴犬《しばいぬ》――ペロの写真が映っている。

「四月三日……？　いや、確かに昨日まで八月だったはずだ……。このスマホ、壊れているのか……？」

十年前の代物だから壊れていてもおかしくはない。だがそこには間違いなく『四月三日』と表示されている。しかもよくよく考えたら、八月にしては肌寒いし僕は長袖の寝間着を着ている。

まさかとは思うが、記憶のあった八月から翌年の四月まで、僕は約八ヶ月の間意識不明だったのではないか？　もしくは、意識不明ではなくともその間の記憶を喪失しているとか。

様々な考察が頭の中を駆け巡る。

考えても答えなど出ないが、どちらにせよ今の僕はまともな状態ではないことくらいは

わかる。

なんだか恐ろしくなってきた僕は、ふと部屋にあった姿見を見た。そこに映るのは僕の姿。もちろん、毎日のように見てきたのでそんなに違和感はない。でも、いささか肌ツヤがいい気がするし、なんとなく顔周りとかはシャープになった気がする。酒のせいでむくんでいるということもない。実家で健康的な生活をしていたので、体質改善されたのだろうか。

その姿見の隣には、僕の高校の制服がかけてあった。懐かしの制服だが、なんだか真新しくも見える。まるで、つい最近下ろしたばかりのような感じだ。

もちろんこんなものは現在二十六歳である僕には必要ない。何でもとっておきたがるうちの母親がクローゼットの奥底に保管をしていたなら話はわかるが、いかんせん姿見の隣にわざわざ出してある意味がわからない。

ここまでの事象をふまえて僕の頭に浮かんだ一つの仮説。それは——。

「……まさか、僕は高校生に逆戻りしてしまったのか？」

科学的には説明がつかないが、そう考えるのが一番腹落ちする。ただ、あまりにも非現実的すぎるので、この仮説を裏付ける何か確証めいたものが欲しかった。

「融！　いい加減に起きなさい！　朝ごはん片付けるわよ！」

母親が僕を急《せ》かす声が聞こえる。

もし高校生に逆戻りしていて学校に行かなければならないのであれば、こんな時間に母親が大声を出すのも頷《うなず》ける。

とにかく一階に下りよう。多分そこには証拠となるものがあるはず。

僕は階段を駆け下りてダイニングキッチンにたどり着く。そこに広がる光景を見て、改めて僕は高校時代に戻ってきたのだと確信した。

「融、おはよう。今日も寝ぼすけだね」

「お、おはよう。姉ちゃん……」

「どうしたの？　なんか融、めっちゃキョドってない？」

「そ、そんなことないよ。ハハハ……」

驚きをなんとか隠そうと僕は平静を装うが、さすがにちょっと動揺してしまう。何故《なぜ》ならそこには、何年か前に嫁いで家を出ていったはずの二つ年上の姉が、高校の制服を着て朝食を食べていたから。

更に追い打ちをかける出来事が僕を襲う。

「──ワン！」

「お、おう、おはよう。ペロ」

我が家の愛犬である柴犬のペロが、僕の足元に寄ってきて尻尾を振っている。

これが最後の決定打だった。何故かというと、ペロは僕が高校を卒業する少し前に死んでしまったからだ。ペロが生きているというのであれば、僕がタイムリープを経たのはもう間違いない。

「ほら融、早いこと朝ごはん食べないと本当に遅刻するわよ？　高校生活二日目から遅刻とか親として恥ずかしいわ」

母親は僕にムチを入れるかのように急かす。こんな感じのやり取りは、煩わしいを通り越して懐かしい。

「わ、わかったよ。……いただきます」

僕は朝食に手を付けた。我が家ではお馴染《なじ》みである五枚切りの食パンをかじる。そうして口の中で咀嚼《そしゃく》しながら思う。

僕は本当に高校時代に戻ってきたのだと。——人生をやり直すチャンスが巡ってきたのだと。

食事を終えた僕は顔を洗い、再び自室へと戻ってきた。

姿見に映る自分の姿は、改めて見ると少し若々しく、そしてどこか幼く見える。まだまだいろいろな可能性を秘めていそうな十六歳の少年と、その内側にある半分枯れた二十六歳の意識は、どうもアンバランスな気がして仕方がない。

周りを取り巻く環境は十年前に戻った。

どうしてこんなことが起こってしまったのか、理由はわからない。もちろん、科学的に説明することだってできやしない。超常現象と言ってしまえばそれまでだが、僕だけがタイムリープを経験していることには甚だ疑問が残る。

奈良原時雨が自宅マンションから飛び下りたことに関連があるのかもしれない。彼女に呼び戻されたのだろうか。いや、ほぼ面識などないに等しい僕が呼び戻されるというのは考えにくい。

やはりいくら考えても腹落ちする結論は出てこない。そんな過ぎてしまったことを考えて時間を無駄にするくらいならば、今後のことを考えたほうが建設的だ。

それならば僕はこれからどうしていけばいいのか。そっちのほうは深く考えるまでもなく大体の結論が出ている。

バンドをクビになって落ちぶれてしまうあんなクソみたいな一周目の人生を繰り返さないよう、青春を謳歌《おうか》するしかない。せっかく人生をやり直したいという望みが叶《かな》ったのだ。この状況を大いに楽しんでやろう。

下ろしたての真新しい制服に袖を通しながら、僕は心の中でそう決意した。

通学ラッシュで満員になる電車と、何度も何度も通った通学路の風景で、僕は懐かしさでいっぱいになる。

今日は入学式の翌日。高校生活二日目だというのに、ものすごくノスタルジックでセンチメンタルな気持ちに浸っている生徒は、全世界探しても僕くらいだろう。せめて変な人だと思われないよう、感傷に浸る表情を殺すのが精一杯だ。

「よう芝草《しばくさ》、おはよう」

通学路を歩いていると、もう少しで校門にたどり着くというところで声をかけられた。

振り向くとそこには慣れ親しんだ男子生徒の姿があった。

「お、おはよう。……って、お前、野口《のぐち》か？」

「……何言ってんだお前？　そんな当たり前のことを聞くなよ、なんか頭でも打って記憶でも飛んだのか？」

あまりにも不自然なリアクションをしてしまったと思い、僕は慌てて取り繕う。

「はっ、ははは……、冗談だよ。十年来の親友の顔を忘れるわけないだろう」

「いやいや、芝草のことだから顔を忘れるくらいあり得るだろ」

「じゃあ二度と忘れないように野口の顔を瞳に焼き付けておくことにするかな」

「うわ、キモイキモイ、新学期早々男から見つめられるとか勘弁してくれ」

朝っぱらから軽口を叩《たた》き合《あ》えるこいつは僕の親友。その名は野口。僕とは小学校に入った頃からの友達だ。

こいつは驚くほど普通なやつで、成績も普通、運動神経も普通、ルックスもまあ普通だ。確か高校を出たあとは地元の大学に入って、そのまま地元の市役所で働いていたと記憶している。羨ましいことに高校のときに同じ部活だった彼女と就職後に結婚していて、十年後の未来では王道とも言える幸せな家庭を持っている。

根はめちゃくちゃ良いやつなので、たまにバンドのライブに来てくれたりした。自主制作のＣＤを最初に買ってくれたのも野口だったと思う。今思えば彼は本当に僕の恩人である。そんな未来の恩人と他愛《たわい》もない話ができるのは、やっぱり僕らが高校生同士だからだろうか。

「なあ芝草、部活何やるか決めた？」

「いや……、全然」

「えっ？　お前バンドがやりたいから軽音楽部に入るって言ってなかったか？」

「それはそうなんだけど……、実はちょっと迷っててさ……」

何の部活に入るかの話になった。確かにバンドをやるために軽音楽部に入りたいのは山々なのだけれども、これでは一周目の人生と同じになってしまう。

どうせ軽音楽部に行ったら陽介《ようすけ》に出会ってしまうのだ。そうしたらまた十年後、バンドをクビにされてしまうに違いない。入る部活は慎重に選ぶ必要がある。

「ちなみに野口は何部に入るんだ？」

「候補は二つまで絞ったんだけどなー、まだ決めきれていない」

「へえ、何部と何部で悩んでんだ？」

僕はこの会話に覚えがある。野口はこの時点で文芸部と科学部の二択で悩んでいて、僕にどちらがいいか聞いてくるのだ。

そうして一周目では僕が「科学部がいいんじゃないか？」となんとなく言ったら、野口は「じゃあ文芸部にするわ」と天邪鬼のような返しをしてきたのを覚えている。

「文芸部と科学部かなー。俺、体育会系って感じじゃないし」

「文系と理系の極みみたいな二択で悩んでるんだね」

「そうなんだよ、どうせやるなら極めたいじゃん?」

一体文芸部と科学部で野口が何を極めるのかはさておき、僕は彼の次の言葉を待っていた。

「なあ、芝草ならどっちを選ぶ?」

「そ、そうだなあ……」

十年前と同じ会話をするならば、ここは「科学部がいいんじゃないか?」と返すところだ。

そうすれば彼は僕の意に反して文芸部に入り、そこで未来の奥さんと出会うわけだから。彼の人生を変える気がないのであればそのほうがいい。ただ、もしも僕がここで「文芸部にしておけよ」って言ったらどうなるのかも気になっていた。

彼が天邪鬼な態度をとるならば、一周目とは違って科学部に入るに違いない。そうなれば、十年後の未来は僕の知っているものとは異なることになる。僕の何気ない一言が彼の未来を変えてしまうかもしれないのだ。興味がないわけがない。でもそれと同時に、彼の未来を奪ってしまうような罪悪感もある。

僕は一瞬固まって考え込んだ。

これは一種の試金石。僕には人生をやり直す目的がある。まずは自分の発言の影響力を見ておくのも悪くはないだろう。

どうせ王道の幸せを手に入れる野口のことだ、ここで科学部に入ったとしてもそこでまた別の未来の奥さんに出会うかもしれない。理系になったことで就職先も市役所じゃなくて地元のメーカーなんかに変わったりもするだろう。でもそれは結局僕のせいではない。そういう道を野口自身が選ぶことによって決まる。だから僕は僕自身の運命を変えるために、一周目とは違う発言をしてみようと思った。

「文芸部にしておけよ」

「えぇー、芝草に言われると入る気失《う》せるなあ……」

「文芸部ならほら、文学少女的な子がいるかもでしょ？　そういう感じの子、野口好きそうだし」

「うーん、確かにそうだけど……。てか俺、芝草に文学少女的な子が好みだって言ったことあったっけ？」

僕は口が滑ったと思ってまた慌てて取り繕う。喋《しゃべ》ることに気を使わないとボロが出てしまいそうだ。

「え？　なんとなく言ってみただけなんだけど。もしかして図星？」

「なっ……、ち、ちげえよ。と、とにかく、芝草にそんなこと言われちまうなら、なおさら科学部にするしかないな」

カマをかけたように装った僕の発言が決め手となったのか、野口は科学部を選んだ。その時の僕は思わず驚いた顔を浮かべてしまう。

自分の発言や行動をちょっと変えるだけで、それなりに未来に影響を及ぼす。それがわかっただけで大きな収穫だ。

「なんだよそれ……、ただの天邪鬼じゃないか。科学部なんて男だらけだろう？　むさ苦しそうじゃない？」

「そ、そんなことないぞ？　時代は理系女子《リケジョ》だぜ？　白衣を着た女子が俺を待っているかもだぞ？」

「……やっぱり女の子目的なのね」

「そりゃあそうだろ、恋愛抜きに青春は謳歌できないしな。なんなら芝草も科学部に入るか？」

そう言われて僕は科学部に入った自分の姿を想像する。白衣を着て、三角フラスコを揺する僕というのは、なぜかコントの世界の人間みたいで滑稽だった。それくらい芝草融という人間とサイエンスという分野がミスマッチなのだ。親友と同じ部活に入るというのは確かに魅力的ではあるけれど、そもそも科学部を楽しむビジョンが見えていないので僕個人としては無しだ。すまない親友よ。

「いや、さすがに科学部に入るのはやめとくよ」

「芝草、理科苦手だもんな。仕方がない、理系女子は俺が貰っていくぜ」

「はいはい……、勝手に貰っていってくれ」

投げやりに僕は返事をすると、今度は野口のほうから僕の背中を押してくる。

「でも、俺個人としてはさ、芝草には軽音楽部に入ってほしいと思うけどな」

「どうしてさ？」

「よくお前がしてくるロックの話、俺にはあんまりわからないんだけどさ。話している時のお前、めちゃくちゃイキイキしているんだよな」

野口は案外僕のことをよく見ているなと思った。

タイムリープ前の十年間、僕はロック漬けの生活だった。十年間同じことに情熱を注げるということは、それだけ好きだということにほかならない。

このときから野口は、僕がロックバンドから逃げられない運命にあることを知っていたのかも知れない。

「そうだな。やっぱり軽音楽部に入ろう」

「そうこなくっちゃ」

僕の人生を僕自信が納得いくようにやり直すためには、やっぱりバンドをやらないと駄目な気がした。

陽介たちとバンドを組んだ一周目の人生とは違う、別のバンドを組めばいい。なんなら、学校を辞めてしまうはずの奈良原時雨を上手《うま》く取り込めれば最高だ。そうなれば十年後、僕は陽介に裏切られることもない。それに、もしかしたら、奈良原時雨も自宅マンションから飛び下りるような悲惨な人生を送らなくて済むかもしれない。

超楽観的で全くプランもないけれど、少しだけこの二周目の人生が楽しくなってきた気がした。

※　※　※

翌日、高校生活三日目。放課後を告げるチャイムが鳴ると同時――いや、実際にはややフライング気味に僕は教室を飛び出した。向かうはもちろん軽音楽部の部室だ。

今日は水曜日だから本来は部活が休みである。でも今後の青春を左右するような大イベントがあるのだ。

今日、僕は奈良原時雨に出会う。彼女が軽音楽部の休みの日を知らなかったかどうかは定かではないが、誰もいない部室で僕と彼女は鉢合わせになる。

一周目の僕は何を話したか覚えていないくらい、どうでもいい会話を彼女とした。結果的に、それが最初で最後のコミュニケーションだったわけだ。それがあんな悲惨な未来に繋《つな》がってしまうのだから、今回はちょっと趣向を変える必要があるだろう。

できるだけインパクトを強く、なおかつ彼女を継続的に繋ぎ止められるようなそんなセリフを考えていた。

部室棟と呼ばれる旧校舎の奥まったところに軽音楽部の部室はある。周囲の部活に迷惑がかからないよう、吸音材なんかが無造作に貼り付けられていたりするが、効果は眉唾ものだ。しかも、部活が休みだというのに鍵すらかかっていない。結構いろいろな機材が部屋の中にあるにもかかわらず、なんとも不用心だなと、僕は二周目になって今更そんなことを思う。

部室の扉の前にたどり着くと、僕は深く息を吸い込んで呼吸を整えた。柄にもなく緊張していた。この扉を開けたら、多分そこには奈良原時雨がいるのだから。

腹をくくった僕は、その扉を力いっぱい開ける。

「……！」

勢いよく開いた扉に対して、先客は少々驚いた表情を浮かべていた。

――そこには高校一年生の奈良原時雨が、誰もいない部屋の中でぼーっと突っ立っていた。

人生二周目の僕が『第一印象』という言葉を使うのはちょっと変かもしれないが、やっぱり彼女のその容姿は衝撃的だ。ガラスのような瞳、触ったら消えてしまうのではないかというくらいサラサラの長い髪、そしてあまり変化することのないその表情。何を言っているか理解されないかもしれないが、『透明感』という言葉が陳腐化してしまうくらい、彼女は透明なのだ。一瞬見惚《みと》れてしまった僕は、ふと我に返って温めていたセリフを言う。

「こんにちは、僕とバンドをやりませんか？」

シンプルに、それでいてパワフルな言葉を選んだ。とにかく、一周目の再現だけはしてはいけないというその一心だったのだ。

「嫌」

時雨はすぐにそう返事をする。当たり前だ。いきなり現れて初対面なのに「バンドをやりませんか?」なんていう奴《やつ》、普通に考えたら気色悪すぎる。

僕だってこんな初《しょ》っ端《ぱな》から、「はい、一緒にバンドをやりましょう!」なんてクソポジティブな返答を期待しているわけではない。一周目では一度会っただけだった僕らの関係に、何か変化が起きればそれでいいと思ったのだ。さっきの野口の例を見れば、こんなことで未来が変わることだって大いにある。

「そうかぁ残念。軽音楽部が休みの日にやってくる人なら、絶対バンドをやりたがっていると思ったんだけど」

僕がそう言うと、時雨はわずかにハッとした反応を見せた。

「今日、部活休みなの?」

「そうだよ。軽音楽部は毎週水曜日がお休み。だから、いくら待っても誰も来ないよ?」

時雨はどうやら水曜日が休みであることを知らなかったらしい。多分彼女なりに音楽の匂いがする場所を探して、なんとなくここにたどり着いたのだと思う。

「でも、あなたは来たじゃない」

「だって僕はまだ部員じゃないし。――ほら、君と同じ一年だよ」

僕は自分の履いている靴を彼女に見せた。この学校指定の上履き靴は、学年によってラインのカラーが違う。僕の学年は緑色。時雨は僕が同級生だとわかると、更に疑念をぶつけてくる。

「……なおさらここに来る意味がわからない。部員でない人がここに来る理由がないじゃない」

「だからさっき言ったじゃん、もし休みの日に来るくらい熱心な人がいれば一緒にバンドをやってくれるかなって」

取ってつけたような感じだけど、我ながら自然に事を運べるナイスな理由だと思う。

「僕、ドラムを叩くんだ。一緒にどう？」

「お断りする」

「それはどうして？　もしかして、君もドラム担当なの？」

時雨がドラマーではないことなど知ってはいるのだが、このまま会話を終わらせたくないと思って僕はそんなことを聞いた。

「……違う。私はただ、一人で歌いたいだけ」

「おお！　じゃあボーカルなんだね！　なおさら一緒にバンドを組みたくなるね」

「ならない」

「どうして？」

「バンドなんて、嫌いだから」

時雨は真っ向からバンドをやるということを否定してきた。でもそれは僕が初めて知る情報だ。ここにたどり着いただけでも、かなりの成果だと言っていい。そうなれば尚更《なおさら》、彼女が頑《かたく》なにバンドを拒否する理由を探るしかない。嫌いな理由がわからないまま学校から去られてしまっては、僕の計画している青春のシナリオが台なしになってしまう。

「なんでバンドが嫌いなの？」

「……あなたには関係ない。帰る」

時雨はそう言って部室を出ていく。

「あっ！　ちょっと待って！　僕、芝草融っていうんだ、覚えておいて！」

去り際、僕はとっさに名乗ったが、それが彼女の耳に入ったかどうかはちょっとよくわからなかった。伝わっていることを祈りたい。

※　※　※

奈良原時雨がデビューしたときの音楽雑誌にはこう書いてあった。

『高校時代は学校にはあまり行かず、商店街の片隅でずっと路上ライブをしていた』

彼女のファンである僕は、この雑誌の記述をしっかりと覚えている。それはつまり、彼女に会いにいくのであれば校内を探すより近所の商店街を回ったほうがいい、ということ。

昨日、部室で時雨と出会うことができたわけだが、結局それ以上のことはできていないままだ。僕の記憶では、彼女はその後軽音楽部に入部届こそ出すものの、全く姿を見せないまま学校を辞めていった。時雨が一周目と同じ振る舞いをするのであれば、僕のほうから探しに行かないともう一度会うことは叶わないということになる。

善は急げ。近隣にいくつかある商店街を探し回って、彼女を見つけ出そう。もう一度話ができれば、何か道が開かれるかもしれない。そこで問題が解決するという確証はない。だが、何もしないよりはいい。

放課後を告げるチャイムが鳴ると、僕は荷物をまとめて学校の外に飛び出した。目星となる商店街は三ヶ所ほどピックアップしてある。奈良原時雨と同じ中学出身のクラスメイトにそれとなく話してみて、路上ライブができそうな場所について聞き込みをした。

ちなみに、時雨の出身中学は一周目のときに彼女を追っかけているうちに知ったものだ。万一彼女に情報の出どころを問われたら、回答に困ってしまうのは間違いない。立派なストーカー行為と言われてしまったらそれまでである。

一つ目の商店街は空振り。人通りはそこそこで、昭和な香りがする温かい場所ではある。でもどうやら時雨のお眼鏡に適わなかったらしい。

二つ目の商店街は駅が近くてサラリーマンや他校の生徒も多い所。流行《はや》りのお店もそこそこ出ていて賑《にぎ》わっている。しかし、ここにもいない。

三つ目はアーケード街。人通りは少なくて、シャッターを閉じている店が多い。バブル期の勢いで作ったようなそんな面影のある寂れた商店街だった。

こんな場所にいるわけがないだろうと僕は高《たか》を括《くく》っていたわけなのだが、他に彼女がいそうな商店街もないのでとにかく隅々まで探してみた。

するとどうだ、寂れた商店街の端の端、『場末』という言葉がこのためにあるのではないかと思うくらいの少し開けたスペースに彼女はいたのだ。アコースティックギターを担ぎ、制服を隠すように上からパーカーを羽織った奈良原時雨がそこで歌っていた。

路上ライブであるのに客は誰一人いない。遠くからみたら、そこだけ温度が低く見える。とても容易《たやす》く近寄れるような雰囲気ではなかった。その歌声は既に常人の域を超えている。今すぐデビューしてもヒットチャートを駆け上がるレベルだろう。それだけに、奈良原時雨の放つ誰も近付けない雰囲気が勿体《もったい》ないとも思った。

彼女が歌っている曲はデビューアルバムのリードトラックである『時雨』だ。彼女の名前と同じタイトルのこの曲は、その後シングルカットされてミリオンを記録する大ヒット作となる。

その曲の内容は確か……、まあ、これは後でいいか。とりあえず今は彼女にコンタクトを取るべきだろう。

彼女は『時雨』を歌い終わると、僕の存在に気がついたのか、ムッとした表情を少しだけ浮かべる。

「いい曲だね」

お世辞抜きで、僕は率直に感想を述べた。

「……何しに来たの？」

「ちょっとたまたま通りかかったら素敵な歌が聴こえてきたから」

僕がそう茶化《ちゃか》すと、彼女は軽く受け流す。その不機嫌な顔はピクリとも変化しない。

「いつもここで歌っているの？」

「……あなたには関係ない。用がないなら帰って」

第一印象がアレだったのでこんな塩対応をされるのは仕方がない。それでも、僕は簡単に引き下がることはしなかった。

「頑固だなあ……、歌を聴きに来ただけなのに」

「私の歌を聴きたがる人なんか……、誰もいない」

「いるじゃん、ここに」

僕は自分で自分を指差す。そんな僕を鬱陶しく思ったのか、時雨は訝しげな顔でこちらを見た。

「……本気で言ってるの？　それ」

「もちろん。僕はいつでも本気だよ」

「……意味わかんない」

時雨は、まるで自分は自分だけのために歌を歌っているのだと言いたげであった。誰かに自分の歌を聴かせたところで、まともな反応など返ってこない。むしろ彼女は逆に、自分の歌は聴いた人を不快にさせてしまうと本気で思い込んでいるのではないかとすら僕は感じてしまう。もちろん、そんなことはない。時雨の歌は、とても魅力的だ。

「今はわかんなくていいよ。……それより、次の曲は？」

僕は今、奈良原時雨のライブを独り占めしている状態だ。未来を知っている僕からしたら、ここはどれだけ金を積んでも居座ることのできない特等席。次の曲が聴きたくて聴きたくて仕方がない。しかし、僕の意に反して彼女は担いでいたギターをしまいはじめる。

「……今日はもう帰る」

「そんなあ……。せめてもう一曲くらい聴かせてよ」

「しつこい」

「お願いだよ。僕、結構君の歌は素敵だと思っているんだ。だから一曲だけ頼むよ」

僕は両手を合わせて拝み倒す。一周目の人生で、自分のバンドの初めてのワンマンライブが成功するように明治神宮へお参りに行ったときよりも本気の拝みよう。僕にとって奈良原時雨というシンガーソングライターは、神様なんて超越するくらい凄《すご》い存在なのだ。

「今日はもう遅いから終わり。また……」

時雨は何か言いかけて、続きを言うのをやめた。

「また……？」

「……なっ、なんでもないっ！　とにかく私は帰る！」

そう言って慌てた様子で彼女は去っていった。時雨の言葉の続きが「また明日」であるならばと妄想すると、僕はちょっとニヤけ顔を抑えることができなかった。

※　※　※

次の日、僕はとある女子のクラスメイトから声をかけられた。

「芝草くん、もしかして昨日、奈良原さんと一緒にいた？」

その子は時雨と同じ中学出身の子だった。名前は確か、石本《いしもと》さんと言っていた。時雨が歌っていた寂れた商店街を教えてくれたのも彼女だ。

多分石本さんもあの商店街の近くに住んでいて、たまたま昨日僕ら二人が一緒にいるところを見かけたのだろう。

「ああ、いたけど。……それがどうかした？」

なにかまずいことをしてしまったのかと、僕は自分自身の行動を振り返る。時雨に多少のちょっかいはかけたかもしれないけれど、さすがに他の女子生徒からそれを糾弾されるようなことはしていない。

「え、えっと、あの子と一体何をしていたのかなって……」

「何って、奈良原さんの歌を聴いていただけだよ？　僕、軽音楽部だからさ、バンドにでも誘おうかなって」

すると、石本さんは声量を抑え、コソッと僕にこう告げる。

「そうなんだ……。でも、奈良原さんをバンドに誘うのはちょっと難しいと思うよ」

「それは……、どうして？」

予想外の言葉に僕は少し虚を突かれた。なぜ時雨とバンドを組むのが難しいことなのだろうか。

「あのね、中学の時にトラブルがあって組んでいたバンドがポシャっちゃってね、それでバンドが嫌いになってしまったの」

「それは、どうして……？」

バンドがポシャってしまうことはよくある。けれど、それでバンドが嫌いになってしまうのはよっぽどの事情があるということだ。

「ちょっとここでは話しにくいから、向こうで話そっか」

そう言って石本さんは僕を教室の外へ連れ出した。風通しの良い場所へ移動したあと、石本さんは起こったことの顚末《てんまつ》を僕に教えてくれた。

第三章　幾千光年の孤独

私、石本美緒《いしもとみお》には以前、仲の良いクラスメイトがいた。名前は奈良原時雨《ならはらしぐれ》。小柄で髪は長くて、地味な印象ながらどこか透明感のあるきれいな子だった。物静かで友達も多くなさそうだけれども、優しくて真面目で、とてもいい子。

時雨とは休日に遊びに行ったりとか、授業のノートを見せ合ったりとか、他愛《たわい》もない話もできるような関係。その当時は友達と呼んでも差し支えない間柄だったと思う。

いろいろ彼女のことを知っていくに連れて、音楽好きであることもわかった。小学校高学年のときに父親の影響でギターを手にし、そこから音楽にのめり込んでいったのだとか。幼少期からマーチングバンドをやっていてドラムを嗜《たしな》んでいる私にとっては、数少ない趣味の合う友達だった。

※　※　※

中学二年生のころ、私は時雨にとある質問を投げかけたことがある。

「――ねえ、しぐちゃん。部活に入るつもりってある？」

「えっと……、特に考えてない……かな」

私も時雨も部活とは縁のない中学生活を送っていた。無理に入る必要などないとは思うけれど、共通の趣味を楽しめる部活ならば時雨と一緒に入ってもいいかなと思い、勧誘するかのようにそんな質問をした。

「私ね、音楽部に入ろうかなと思うんだけど、しぐちゃんもどう？」

「音楽部？　吹奏楽部じゃなくて？」

「吹奏楽部とは別に、みんなで楽しく演奏したり歌ったりする部活なんだってさ。二年生からでも入部大歓迎だって」

「そうなんだ。そんな部活があったこと、全然知らなかった」

時雨は初耳だよと言わんばかりに驚いた表情をしていた。

「新歓とか全然力入れてないらしいよ。来たい人が来ればいいってスタンスなんだって」

「ふうん。それって、どんな楽器でもいいの？」

「いいってさ。中には吹奏楽部じゃ自分のやりたい事ができないから音楽部に入ったっていう人も多いみたい」

その話を聞いて興味を持った時雨は、私と一緒に音楽部へ入部した。ギターを弾いて歌を歌えるという、音楽にのめり込んだばかりの彼女にとっては、理想のような部活。二年生ながらも私たちはすぐに部員からは歓迎され、やがて部活の中で友達の輪ができるようになった。

このまま順調に事が進めば良かった。でも、時雨の才能が頭角を現さないわけがなく、事態は変わっていく。

※　※　※

音楽部に入部してからしばらく経《た》ったころ、部の定期演奏会が行われることになった。

せっかく入部したのだから、ちょっとしたバンドを組んで演奏会に出ようと私は時雨を誘ってみた。

「しぐちゃん、私と一緒にバンドを組んで定期演奏会に出ない？」

「実は、私も出てみたいと思っていたんだ。でも美緒ちゃん、せっかくのバンドメンバーが私でいいの？」

「いいもなにも、私はしぐちゃんと一緒に演奏したいから音楽部に誘ったんだよ？　いいに決まってるじゃん」

「ほんと？　……ありがとう！」

部活に入ったものの、時雨はいつも部室で一人ギターを弾いて歌っていた。それで彼女は満足していたのだろうけれども、この機会に一緒に演奏して楽しめたらいいなと思った、それだけのことだった。自分以外の誰かと一緒に演奏をするというのは時雨にとって初めてのことらしく、この時の彼女はかなり心躍っていたようにも見えた。

「バンドを組むって言っても、メンバーは私と美緒ちゃんだけ？」

「うーん、もう一人くらい声をかけてみようかなと思うんだけど、いいかな？」

「もちろん」

「じゃあ、他の子にも声をかけてみるよ」

友達と一緒にバンドができるというワクワク感で、その時の私は浮かれていた。今思えばもう一人のメンバー候補を選ぶとき、もう少し慎重になればよかったと後悔している。

※　※　※

数日後、私はもう一人のメンバー候補として、同じ音楽部に所属する同級生を呼んだ。部活のミーティング中なんかでは話題の中心にいるような、スクールカーストの高い女子生徒。声をかけたときはほぼ二つ返事でＯＫしてくれた。

「よろしくー」

「よ、よろしくおねがいします……！」

「そんなに緊張しないでよ。私らで頑張って定期演奏会盛り上げようね」

彼女はとてもハキハキとしていて明るい人だ。メンバーに入れば演奏会も盛り上がるのは間違いない。でも、引っ込み思案な時雨にとっては、こういう機会でもなければなかなか関わらないような人でもあった。それゆえ、終始彼女に対して時雨は遠慮気味に接していた。

「それで早速なんだけど、演奏する曲とパートを決めようかなと思ってね」

私がそう切り出す。三人でバンドをやるということなので、ギターボーカル、ベース、ドラムという無難なパート分けをしようと提案してみたのだ。

「ええっと、私はドラム担当確定だからいいとして、二人はどうする？」

時雨と同級生を交互に見ながら、私は選択権を彼女たちへ投げた。どうしようどうしようと時雨が困惑しているうちに、同級生のほうがいち早く名乗りを上げた。

「私はボーカルとギターかなー！　最近めっちゃ練習して結構うまくなったと思うんだよね」

「じゃあ、しぐちゃんはベース担当かな？」

そう言って時雨のほうを向くと、ちょっとだけ残念そうな顔をしていた。このまま勢いで決めてしまうのもいいけれど、友達の時雨の意志をないがしろにするのは良くない。

「あっ、でもしぐちゃんもギターとボーカルできるよね？」

「えっ、あっ……、う、うん、ちょっとだけ……」

私が思いついたかのようにそう言うと、時雨は遠慮気味に返事をした。

「じゃあ、とりあえず二人の楽器と歌をそれぞれ聴かせてよ。決めるのはそれからでもいいよね」

「まあそうだねー。『百聞《ひゃくぶん》は一見《いっけん》に如《し》かず』ってやつ？　なんとなくで決めるのもよくないしねー」

「う、うん……」

　二人とも私の提案には概《おおむ》ね同意のようだった。それならば実際に二人の実力を見てみるほかない。

「じゃあ、とりあえずしぐちゃんから歌ってみてよ」

「えっ？　わ、私から……？」

「うん。曲はなんでもいいから、とにかくワンフレーズお願い」

　時雨は私の無茶《むちゃ》振《ぶ》りに驚いてしまいながらも、呼吸を整えて自分のアコースティックギターを手に取った。

　チューニングをしてコードの鳴りを確認すると、時雨はまた一つ深呼吸を入れる。最近覚えたばかりの曲のサビを、彼女の今持っている能力すべてぶつけるように歌い始めた。

　時雨のその透明感あふれる歌声が響くと、私は初めて目の当たりにする彼女の実力に驚きを隠せなかった。

　――すごい。こんなの、中学生のレベルじゃない。

　純粋にただ私は感心していた。なんで時雨は今の今までこんなに魅力的な歌を歌うことを黙っていたのだろう。時雨が歌い終えると、私は食い気味に拍手を入れる。

「す、すごいじゃん！　しぐちゃんそんなに歌が上手《うま》かったなんて！　どうして今まで黙っていたの⁉」

「えっ……？　そ、そんな、すごいだなんて……」

「すごいよ！　将来はプロの歌手間違いなしだね！」

自分の歌にいまいち自信を持てていなかった時雨にとって、褒められるということが純粋に嬉《うれ》しかったのだろう。彼女の頬《ほお》が思わず緩んだのが私にもよくわかった。

しかし、そんな私と時雨をよそに面白くないという顔をしていたのが、もう一人のボーカル候補であった同級生だった。私は純粋に時雨のことを尊敬していたが、一方で彼女が抱いたのは嫉妬や嫌悪感だったらしい。

「……やっぱり私、バンド組むのやめるわ」

同級生は吐き捨てるようにそう言う。私はそれを見て慌てて取り繕おうとした。

「ど、どうして？　まだ歌ってすらいないのに？」

「こんなの見せられたあとに歌うなんて、絶対みじめになるだけじゃん。これで私がベースに転向することになったら、尚更《なおさら》ね」

同級生が吐いたのは、褒められて浮かれていた時雨に水を差すようなそんな冷たい言葉だった。

どうしてもギターボーカルになって目立ちたい。私と時雨という、自分よりスクールカーストの低い連中と一緒にバンドを組めば、相対的に自分が活躍できる。失敗しても二人のせいにできる。そういう思惑が同級生にはあったのだろう。しかしその思惑は時雨によって打ち破られてしまう。彼女の歌というのはそれほどのレベルに達していたのだから。

「そういうわけで、せっかく誘ってもらったけどバンドをやるのはやっぱナシってことで。そもそも私、ベースなんて弾けないし」

興が削《そ》がれてしまったという感じで同級生が言う。すると、時雨が気を悪くしてしまった彼女に対して謝るかのようにこう提案する。

「じゃ、じゃあやっぱり私がベースを弾くよ。ボーカルも、やらなくていいから……」

時雨は不機嫌な同級生を宥《なだ》めようとしたつもりだった。しかしその遠慮気味な言葉が、かえってその同級生の神経を逆なでしてしまった。時雨のその言葉に悪意というものはなかったのに。

しかし、受け取る側には屈辱的なものとしてとらえられてしまう。

「……へえ、奈良原さんってそういうこと言うんだ。控え目なフリしておいて、実は私みたいなやつのことずっと心の中で見下していたんでしょ？」

「そ、そんなことない」

「まあ、言葉ではなんとでも言えるよね。そうやって遠慮するように振る舞っていれば大丈夫だろうっていうやり方も気に食わない」

「ちょ、ちょっとやめなよ……」

私はまずいと思ってすぐに同級生を止めに入る。しかし彼女は止まらない。

「私が一生懸命歌っているのを嘲笑《あざわら》いながら隣で演奏されるとか、超不愉快。奈良原さんが普段から一人で部室に入っているのも、自分と釣り合うレベルの高い人がいないからでしょ？」

何を言っても駄目だった。彼女は聞く耳を持ってくれそうな状態ではない。しかし時雨も誤解されたくないと思ったのか、泣きそうな声を振り絞る。

「そんなわけない……。私はただ純粋にバンドを組みたくて……」

「はいはい、大嘘《おおうそ》つき。私、今日あなたにされたこと、絶対に許さないから」

そう時雨に吐き捨てて同級生は立ち去って行った。

※　※　※

結局、その三人でバンドが結成されることはなかった。

それだけならまだ良かった。追い打ちをかけるかのように、その同級生は「時雨がみんなを見下すような態度でバンドメンバーを集めている」という悪評を周囲に振りまいたのだ。

するとどうなるか。どんなに誘いをかけてみても、時雨のバンドには誰も加入したいとは言わなくなる。あっという間に、時雨は部活の中で孤立してしまった。

私は終始時雨の味方でいようと振る舞っていたけれど、彼女自身がそれに耐えきれなくなっていた。

「……ごめんね美緒ちゃん。私のせいで、バンドが組めなくなっちゃって」

「しぐちゃんが悪いわけじゃないよ。悪いのは勝手に誤解したあの子だよ。あとはその言葉を信じたみんな」

時雨は自分のせいでこんな事になってしまったと、あのときの言動を悔いていた。でも、客観的に見て時雨が悪いところは一つもない。ただ少し、相手が悪かっただけだ。

それでもその事実は、確実に時雨の心を傷つけていた。

「……やっぱり私はバンドを組んじゃいけなかったんだよ。美緒ちゃんが私の歌を上手いって言ってくれるのはすごく嬉しい。けど、他のみんなにとって私の歌はきっと邪魔者みたいな存在なんだよ」

「そんなことない！　何度も言ってるけど、みんながしぐちゃんのことを誤解しているだけだって！」

必死で私は励まそうとしているけれど、時雨は何かを諦めた表情をしていた。

「ありがとう美緒ちゃん。でももう、私のことなんて気にしなくても良いんだよ」

「な、何言ってるのさしぐちゃん。私とバンド組んで定期演奏会に出ようって二人で決めたじゃない」

「もういいの。……私、知ってるんだ。美緒ちゃんが他の人たちからバンドに誘われているの。それを全部断っているっていうのも」

私は時雨にそう言われて言葉が出なくなった。

他の人たちからバンドに誘われているのは事実。プレイヤー人口が少ないドラマーという立場上、私にはバンドに加入しないかというお誘いはそれなりに来る。でも私は時雨を見捨てることができなくて、それらの誘いを全部断ってきたのだ。

「せっかくのお誘いを断ってばかりだと、美緒ちゃんまで孤立しちゃうよ？」

「でも私が他の人のバンドに入ったら、しぐちゃんが一人に……」

「私は、一人で大丈夫。だから美緒ちゃんがちゃんとバンドを組んでかっこよくドラムを叩《たた》くところ、見せてほしいな」

時雨は、力なく笑ってみせた。

もちろんそれが彼女の本音だとは思えなかった。でも、これ以上私が時雨とバンドを組むことに固執してしまえば、それだけ彼女の心はすり減っていく。この時点で私は、時雨を孤独から救い出す手段を失ってしまったのだ。

そうして、時雨はいつの間にか部活を辞め、誰もいない場所でギターを弾きながら歌うという一人遊びをするようになった。

一方の私は他のバンドへ加入したが、いまいち楽しむことができず消化不良の毎日を送った。結局のところ私は、周囲の評判や圧力というものをひっくり返すことができず、時雨を見捨てただけの人間である。

あれ以来時雨とは話すことすらできていない。どこかで勇気を出していれば未来は変わっていたかもしれないという事に気がついたときには、すべてが手遅れになっていた。

第四章　瞼の裏には

「――そういうわけなの。だから、奈良原《ならはら》さんとバンドを組むのは難しいと思う」

石本《いしもと》さんは僕を諭すかのように一部始終を語ってくれた。しかし、その内容というのはとても胸糞《むなくそ》悪いものであった。

時雨《しぐれ》は誰かに何かをしたわけでもないし、何もできなかった。悪いことなんて、一つもない。もし僕がそこに出くわしていて、拳を振るうことが許されるならば、ドラムなんて二度と叩《たた》けなくなるくらい暴れるだろう。

「……石本さんは、もう奈良原さんのことなんてどうでもいいの？」

「そんなわけない。でも近づいたら近づいたで、絶対にまた奈良原さんを傷つけてしまう。もう私には何もできないんだよ」

石本さんは自嘲する。彼女にも悪いことをした自覚はあるのだろう。その言葉には時雨に対する申し訳なさのようなものが籠もっていた。かといって、僕は彼女の言葉の全てを正当化したくない。

「だから奈良原さんのことはそっとしてあげてほしい。そうじゃないと、またあの子は傷ついてしまうから」

彼女はそう言うが、時雨を一人にしてはいけない。このままではまた十年後、自宅マンションから飛び下りることになってしまう。

一周目で奈良原時雨が飛び下りてしまった理由、それにはいくつかの原因があるだろう。その一つは、中学時代に自分が孤独な存在であるということを心に強く刻み込まれてしまったからに違いない。そうであるならば、仲間と一緒にバンドを組んで演奏をする、それが達成されるだけでも、彼女の人生を大きく前向きに動かせるかもしれない。なおのこと僕は時雨をバンドへ巻き込もうとする意志が強くなった。

「……わかったよ。でも、僕はやっぱり奈良原さんとバンドを組んでみたいんだ。その話を聞いたら尚更《なおさら》ね」

「それは無理だよ、芝草《しばくさ》くん」

「無理じゃないさ。世の中意外と為せば成るもんだよ」

石本さんはそれ以上何も言わなかった。

絶対に奈良原時雨をバンドに巻き込んで、彼女を蔑んできた連中にひと泡でもふた泡でも吹かしてやろう。そうして時雨に教えてやるんだ。

――『出すぎた杭《くい》は打たれない』ということを、僕の手で。

「やあ、今日もやっぱりここにいたね」

その日の放課後、僕はすぐに時雨のいる寂れた商店街へ向かった。

一人で歌いたいという彼女のことなので、もしかしたら今日はいないかもしれないと思っていたけどそれは杞憂《きゆう》だったみたいだ。

昨日と同じように制服の上からパーカーを羽織って、カッタウェイのついたヤマハのアコースティックギターを担いでいる。相変わらずのその、ちょっと近づきがたい雰囲気が僕にとっては逆に心地がいい。そのおかげで僕は今、奈良原時雨を独占できているのだ。役得である。

「……また来たの？」

「そりゃもう来るしかないと思ってね」

「……意味わかんない。私の歌なんて聴いてもしょうがないのに」

「そう思っているのは君だけだって。君の歌、僕は結構気に入っているんだよ？」

こんな風に褒められることもあまりないのか、時雨は何と返すべきかわからず閉口してしまった。素直に喜べばいいのにとは思うが、彼女のバックボーンを聞いた後だとそうなるのも仕方がないと思う。もうちょっと時間をかけながら、彼女には自信をつけていってもらうように僕から働きかけよう。

「そうそう、今日は良いものを持ってきたよ」

「良いもの？　……もしかして、その背中に担いでいるやつ？」

「その通り。これがあればもっと楽しいよ」

僕は背負っていた四角いケースを下ろして中身を取り出す。中には、図工室の椅子みたいな木製の箱が入っている。

「じゃーん！　どうこれ？　いかにもアコースティックライブって感じじゃない？」

「これって……、カホン？」

「そう、その通り！」

用意してきたものとはカホンと呼ばれる打楽器。それこそ椅子のようにして天板に座り、側面の板を素手で叩くことで音が出るというシンプルなもの。中にはスナッピーと呼ばれる、スネアドラムに使われる響き線が入っていて、叩き方や叩く場所で音が変化するというなかなか奥が深い楽器だ。

ドラムセットは持ち運びが大変なので、よくバンドのアコースティック編成なんかではドラム代わりに使われることが多い。

この頃の僕はなんとなくカホンが欲しいという理由で購入していたらしい。当時の僕、とてもナイスだ。

「それ……、どうするの？」

「どうするってそりゃ、一緒に演奏するんだよ。セッションってやつ」

時雨は顔が一瞬強張《こわば》る。一緒に演奏するということに、若干のためらいと恐怖心があるように見えた。

「……そんなこと、しなくていい」

「ええー、せっかくいい歌を歌っているのに……」

「それがなくても、曲としては成り立つじゃない」

「いや、確かにそうだけどさ……。ドラマーとしてリズム楽器を入れたくてしょうがないんだよ」

ドラマーに限らず音楽好きならあるあるだと思うけど、好きな曲を聴くと思わずリズムを取りたくなるものだ。ましてや推しである奈良原時雨の歌に合わせてセッションできるとなればこんな素晴らしいことはない。一周目だったらいくら足掻いても金を積んでも叶《かな》わなかっただろう。

「……勝手にすればいい」

「ホント⁉ じゃあ曲に合わせて適当に叩いていくね！」

僕はワクワクが止まらなかった。多分今までの音楽人生で一番嬉《うれ》しいシーンだろう。このまま死んでも割と後悔ないかもしれない。

カホンをスタンバイし終えると、時雨はカポタストを二フレットに付け、手グセでGとCアドナインスのコードをジャラジャラと鳴らす。奈良原時雨オタクの僕にはわかる。二カポで始まる曲は十中八九『時雨』だ。ゆっくりハーフテンポで始まるこの歌は、時雨の透明な声が一層映える。僕はその素敵な声をできるだけ邪魔しないよう、最低限の音数でリズムをとった。

歌を邪魔しないアレンジなら僕の得意分野だ。一周目ではドラマーとしての腕前は並で

あったので、並なら並なりにどうやったら曲が活《い》きるか悩みに悩んだ。このスキルはその集大成と言ってもいい。

静寂のメロディからサビに入ると、タイトル通り時雨が降り出したかのような力強さが彼女の声に乗りはじめる。それでいてただ力で押すのではなく、持ち前の透明感は維持したまま。これこそが奈良原時雨の真骨頂とも言える。

やっぱり一人で演奏するより何倍も楽しい。この楽しさが、うまいこと時雨にも伝わってくれたらいいなと思いながら、僕は一曲叩き終えた。

「なんだか今のすごくいい感じじゃなかった？　ねえ、早く次の曲やろうよ」

テンションが上がって興奮気味な僕は、早く次の曲に行きたくてしょうがなかった。

でも時雨はちょっと違うみたいだ。彼女は何かを言いかけて、直前のところで言葉を飲み込んでしまう。

「……やっぱり今日は帰る」

「どうしたの？　体調でも悪い？」

「……そういうことにしておいて」

いきなり距離感を詰めてセッションをしにいったのはまずかったか。よくよく自分の言動を振り返ると、なかなか気色悪いことをしているなと思わざるを得ない。それもあって、ちょっとブレーキのかけどころを間違えてしまったかもしれない。反省点だ、今日のところはちょっと押すのを控えよう。

「わかったよ。じゃあ、また今週末の金曜日、軽音楽部の新入生歓迎会で会おう」

「……なにそれ？　新入生歓迎会？」

軽音楽部では毎年恒例で、この時期に新入生歓迎会と称してパーティーみたいなことをする。皆に自己紹介をしたり、好きな音楽を語り合ったり、バンドメンバーを探したり、お菓子を食べたりと、とても青春って感じがするイベントだ。

「あれ？　聞いてないの？　じゃあなおさら行ったほうが良いよ、お菓子とかタダで食べられるし」

「……別に、興味ない」

「えー、せっかくだから行こうよ。なんか軽音楽部の先輩で家がケーキ屋さんをやってる人がいて、差し入れでたくさんケーキが出てくるらしいよ？　ショートケーキとか、モンブランとか」

その時のモンブランという単語に時雨がピクッと反応したのを僕は見逃さなかった。

なんせ彼女の大好物がモンブランであることを、僕は音楽雑誌の記事から知っていたから。彼女には、レコーディング中はストレス発散のためにモンブランしか食べなかったという逸話がある。

ちなみに、嘘《うそ》っぽく聞こえるが軽音楽部の先輩の実家がケーキ屋で、大量のケーキが差し入れられるのは本当の情報。一周目のときも食べ切れないほどのケーキが僕の胃袋を襲った記憶がある。美味《おい》しかったけど強烈な胸焼けになったので、ついでにその運命も回避したい。

「……ま、まあ、考えておく」

「ホント⁉　じゃあ待ってるよ！」

僕がその言葉を聞いてもはやウキウキだ。上手《うま》いこと行けば時雨と本当にバンドを組めるのだから。

そんな僕をよそに、時雨は少し慌てながらそそくさと帰っていった。あまり変化のない彼女の表情に、やんわりと恥ずかしさみたいなものが浮かんでいた気がする。僕の見間違いだったかもしれないけど。

※　※　※

週末金曜日、部室棟にある多目的室は、軽音楽部の新入部員と大量のお菓子で溢《あふ》れかえっていた。

毎年恒例の新入生歓迎会。二周目の僕にとっては懐かしい面々ばかりでちょっとセンチメンタルな気持ちになる。新入生の顔合わせというより、同窓会に近い。

もちろんそこには一周目で十年後に僕をクビにした張本人、岩本陽介《いわもとようすけ》もいた。彼はいわゆるスクールカーストの上位にいる人間で、顔も良くて歌も上手いので、この時点でもう軽音楽部のエース的存在だと言っても良いと思う。

既に陽介の周りには取り巻きができていて、いかにして彼の仲間に入るか躍起になっている奴《やつ》もちらほら見受けられる。かくいう僕も、一周目のときはそんな感じだった。陽介に取り入ればバンド生活は上手くいくだろうし、デビューだって夢ではない。あわよくば、女の子にモテたりするかもしれないなんて当時の僕は思っていた。

でも、実際にはメジャーデビュー直前でバンドをクビになるし、女の子にモテることもなかった。これはあくまで個人の感想だけど、ドラマーなんていうのは本当に女の子にモテない。どうせモテないのだから、陽介なんかとまたバンドをやるより、奈良原時雨という推しと組むほうが百億倍楽しいに決まっている。だから僕はそんなしょうもない未来を避けるため、今日は『陽介とバンドを絶対に組まないようにする』ことを目標にやっていこうと思う。

新入生みんなの自己紹介が終わると、談笑タイムが始まる。ふと部屋の端っこに目をやると、時雨が一人ぼっちで大好物のモンブランをちまちま食べていた。そもそも来てくれるかどうか怪しい感じだったので、モンブラン効果とはいえ僕は彼女が来てくれたのがちょっと嬉しい。

「やあ奈良原さん、来てくれたんだね」

「……お、お菓子に釣られただけだから」

声をかけると、時雨は気まずそうに言う。この間の商店街でセッションをしたあと、急に帰ってしまったことを彼女なりに引きずっているのかもしれない。軽く話をしておいたほうが彼女の気も楽になるだろう。

「どう？　誰かと仲良くなった？」

「……別に。友達が欲しいわけじゃないし」

「だろうと思った」

そこまで時雨が社交的ではないのは知ってのこと。彼女はあまり人の多いところが好きではないのか、大好物に舌鼓を打ちつつもやや不機嫌な顔をしている。

「……私に構っているヒマがあるなら、その時間で芝草くんこそ友達をたくさん作ればいい」

「もう、そんなに拗《す》ねたら美人が台なしだよ？　大丈夫大丈夫、奈良原さんならすぐにみんなに囲まれるようになるさ」

やや冷やかし気味に僕がそう言うと、時雨はため息をついた。

「……やっぱり芝草くんには言葉が通じない」

「そう？　日本語には自信あるほうなんだけど」

「そういう意味じゃない。……もういい、これ食べたら私は帰るから」

僕は彼女から呆《あき》れた表情を向けられるが、こんなのいつものことだ。塩対応に慣れてしまえばこれもまた役得である。そんな感じでナックルボーラー同士の繋《つな》がらない会話のキャッチボールを時雨と繰り広げていると、後ろから声をかけられた。

「なあそこの……、芝草っていったか？」

「ん？　僕のこと？」

その声の主は陽介だった。一周目で同じくバンドを組んでいたリードギターの小笠原《おがさわら》とベースの井出《いで》もその隣にいる。この流れは間違いない。僕をバンドに誘ってくるのだろう。ドラマーは女の子にはモテないけど、その人口の少なさから、バンドメンバーの求人的にはモテモテになる。

「確か芝草、ドラムをやっているって言ってたよな？」

「そうだけど？　それがどうした？」

僕は陽介とバンドを組む気はサラサラないので、すっとぼけた感じで応対する。

「率直に言うとウチのバンドに入ってほしいんだ。やっぱりドラム担当って少なくてさ」

「あーごめん、生憎《あいにく》先約がもういるんだよね」

「なら掛け持ちでもいいから、俺とバンドを組んでくれ」

陽介は引き下がろうとはしない。俺と組めば将来は保証してやると言いたげに、彼は加入を迫ってくる。かなりの自信が陽介にはあるのだろう。もちろん、僕はその話に乗るわけがない。奈良原時雨以外とバンドを組むくらいなら、音楽なんて辞めてしまったほうがマシだ。それくらいの気持ちが今の僕にはある。

「悪いけど他を当たってくれよ。僕はその先約以外とやる気はないんだ」

ここまでハッキリと誘いを断ることができたことは一周目の人生でもなかっただろう。

まさか断られるとは思っていない陽介の驚く顔を見て、僕は胸がすくような気持ちよさを感じている。今は仮に土下座されたとしても彼とバンドを組む気はしない。

するとと僕の返答に苛立《いらだ》ったのか、取り巻きの一人——小笠原が言いがかりをつけてくる。

「お前、それ本気で言ってんのか？　陽介のやつ、自分の歌をネットに上げてて超ヒットしてるんだぞ？　こんな大物とバンドを組めるチャンスなんて二度とないかもなんだからな！」

「それは凄《すご》いね。将来有名バンドになること間違いなしだ」

「だろ？　だからお前も陽介っていう勝ち馬に乗ったほうが絶対良いに決まっている」

勝ち馬……か。ゴール直前で振り落とされて落馬した僕にとっては、その馬が勝とうが負けようがどうでもいい。このまま粘りの説得をされ続けてもただの時間の無駄であるわけなので、僕は少し強引な方法を取る。

「でもごめんよ、僕はそんな勝ち馬に乗るよりもっといい相棒を見つけたから。——ねえ、奈良原さん？」

僕は近くにいた時雨の肩をとって引き寄せる。あまりに突然のフリだったので、表情の乏しい彼女ですら驚きで目を丸くしていた。

「ちょっ……、ちょっと芝草くん……？」

「僕、この子としかバンドを組む気ないから。そこのとこよろしく。……それじゃ行こうか、奈良原さん」

そう言い残すと、僕は時雨の手を取って部屋の外に出た。取り残された陽介一味の顔はあ然としていたと思う。心理的なインパクトはかなり大きいはず。これで間違いなく、僕は陽介とバンドを組むことはなくなるだろう。目的達成だ。

「ちょ……、ちょっと芝草くん、どこに行くの？」

僕に手を引かれながら、なんだかんだいってても時雨はついてくる。彼女なりに、あの空間にいるよりは連れ出されたほうがマシだと思っているのだろうか。そうだったならばちょっと嬉しい。

「うーん、とりあえず商店街に行こうか。セッションの続きをやろうよ」

「ほ、本当に私とバンドをやるつもりなの……？　あんな誘いを断っても良かったの？」

「最初からそう言ってるじゃん。僕、もう奈良原さん以外とバンドをやるイメージが湧かないんだよね」

僕はとびきりの笑顔で時雨のほうを向いた。

「だからさ、僕と一緒に青春をやり直さないかい？」

その時彼女が小声で、それでいて少し照れながら「意味わかんない……」と言ったのを僕は瞼《まぶた》の裏に永久保存しておこうかと思う。

第五章 ヒラヒラヒラク秘密ノ扉

Band wo Kubi ni sareta boku to OSHI JK no Seishun Rewrite

私、奈良原時雨《ならはらしぐれ》は、全くもって人に好かれるような存在じゃない。孤独というものに取《と》り憑《つ》かれている人間だと思う。それを自覚したのは中学の頃。

歌うことが好きで、覚えたてのギターも練習したいという気持ちだけで加入した音楽部。思えばそこからして間違いだったのかもしれない。

音楽部での私は、一人で歌ってギターを練習することで満足していた。しかし、あるとき当時の友達からバンドに誘われたことで、歯車が狂い始めた。そのときの出来事がきっかけで、いつの間にか私の周りからは人がいなくなった。そんな疫病神みたいな私のことに友達を巻き込んではいけないと思い、そっと音楽部を辞めた。

それからというもの、私は一人でいることが当然なのだと自分に言い聞かせた。せっかく仲良くなっても、そこから一人ぼっちになってしまうのは死ぬほどつらい。だったらずっと一人でいればいい。そう思った私は、誰もいない寂れた商店街の端っこで、自分のためだけに歌を歌って自分自身を慰めるという一人遊びを始めたのだ。

入学した高校には軽音楽部があった。誰かとバンドを組もうなんて気持ちは毛頭なかったけど、部室という一人で演奏するスペースが確保できるのは魅力的だと思ってひとまず顔を出してみることにした。

部室の中には誰もいなかった。後から知ったけどこの日は休みだったらしい。私は何もせずぼーっと立ち尽くして機材なんかを眺めていたと思う。また適当な日に出直そう、そう思って立ち去ろうとしたとき、部室の扉が突然開いた。

現れたのは一人の男子生徒だった。彼は不思議なことに、まるで私がここにいることを知っていたかのように部屋に入ってきて、突拍子もなくこんなことを言うのだ。

「こんにちは、僕とバンドをやりませんか？」

正直に言うと、この人の第一印象は『頭のおかしい人』だった。

普通に考えて初対面の人にいきなりそんな事を言うのは常識外れ。だから私は反射的に「嫌」と返答した。

「そうかぁ残念。軽音楽部が休みの日にやってくる人なら、絶対バンドをやりたがっていると思ったんだけど」

彼はなんだか摑《つか》みどころのない人で、何故《なぜ》か私とバンドを組もうと迫ってくる。私と音楽をやったところで、楽しい事なんて全くないのに。

「僕、ドラムを叩くんだ。一緒にどう？」

「お断りする」

「それはどうして？　もしかして、君もドラム担当なの？」

「……違う。私はただ、一人で歌いたいだけ」

彼はまるで「私はドラマーではない」ということを知っているかのようにそう聞いてくる。心を見透かされたようで少し気味が悪い。でも、それと同時に私のことを理解してくれているんじゃないかという変な期待も湧いてしまった。そんな。エスパーじゃあるまいし。私のことを理解してくれる人なんて、この世界にはいない。幻想を抱くのは自分の歌の中だけでいい。

「おお！　じゃあボーカルなんだね！　なおさら一緒にバンドを組みたくなるね」

「ならない」

「どうして？」

彼の明るさと勢いに、うまく言いくるめられてしまいそうな気がした。

……駄目だ駄目だ、早くこの人には私という人間の真実を知ってもらって、さっさと諦めてもらったほうがいい。そのほうが、この人のためであり、ひいては私のためになるのだから。

「バンドなんて、嫌いだから」

きっぱりとそう言い切った。これだけ嫌がっているのだから、彼もさっさと手を引いてくれるだろうと思った。けど、私はこの人のしぶとさを見誤っていた。後から改めて思い知るのだけど、彼はびっくりするくらいしつこい。

「なんでバンドが嫌いなの？」

その理由をわざわざ話したくはない。また嫌なことを思い出して、どうしようもない自分が心の中で浮き彫りになるだけだから。

「……あなたには関係ない。帰る」

ここは逃げるのが一番いいと思った。彼と会話をしていたら、なにか私が勘違いをしてしまいそうで怖い。歌う場所の確保ができないのは惜しいけれど、軽音楽部に来るのはもうやめにしよう。もちろん、彼に会うのも。

それでも彼は去り際にこう言う。

「あっ！　ちょっと待って！　僕、芝草融《しばくさとおる》っていうんだ、覚えておいて！」

そこまでして名乗るのかと、私はその彼の執念深さに驚きながら部室をあとにしていた。

でもそれは無駄なことだと思った。少なくとも私はもう、ここに来ることはない。

※　※　※

もう二度と会うことなどないと思っていた芝草くんは、また私の目の前に現れた。

「いい曲だね」

いつも歌っている寂れた商店街の端っこ。私が一曲歌い終えると、彼は率直にそう言う。

本当に、なんで私なんかの前に現れるのか意味がわからない。

「……何しに来たの？」

「ちょっとたまたま通りかかったら素敵な歌が聴こえてきたから」

すごく白々しい。多分たまたま通りかかったなんて嘘《うそ》だ。どこからか情報収集をして、私がここにいることを突き止めたのだと思う。芝草くんはもう、私のちょっとしたストーカーといってもいいかもしれない。

「用がないなら帰って」

「頑固だなあ……、歌を聴きに来ただけなのに」

「私の歌を聴きたがる人なんか……、誰もいない」

「いるじゃん、ここに」

芝草くんは自分自身を指差した。彼が私の歌を聴きたがる理由は一体何なのだろう。どう考えたって人に受け入れられるようなものではないのに、どうして。

「……本気で言ってるの？　それ」

「もちろん。僕はいつでも本気だよ」

彼は屈託のない笑顔を浮かべてそう言う。そこまで自分の歌声を他人から求められたことのなかった私は、どういう顔をしたらいいのか整理ができなかった。

でも不思議と、彼にそう言われて嫌な気持ちにはならなかった。少なくとも芝草くんは、私の歌声に関して一切の否定をしてこないからだろうか。

——いや違う。私、本当は自分の歌を聴いてほしいんだ。でも、否定され、見放されてしまう恐怖から自分を守ろうとする力が強すぎて、こんな悪態を彼についている。私は最低だ。

それに気がついたことを彼に悟られたくなかった私は、ギターを片付けて帰り支度を始める。

「今日はもう遅いから終わり。また……」

驚くほど自然に「また」と言ってしまった。そんなことを言えば、芝草くんは絶対に来る。もう私のことなど放っておいてほしいのに、どこか心の奥でまた来てほしいと思ってしまっているのだ。

「また……？」

「……なっ、なんでもないっ！　とにかく私は帰る！」

私は恥ずかしさのあまり、逃げるようにそこから立ち去ってしまった。

※　※　※

次に芝草くんが現れたとき、彼はカホンを背負っていた。

どうやら私の歌を聴きたいだけでなく、自らもセッションに加わりたいのだと。断っても諦めはしないだろうから、私は勝手にすればいいとだけ言う。

本当は喜ぶべきなのに、一緒に演奏することで彼に幻滅されたらどうしようとか、嫌な気持ちにさせてしまったらどうしようとか、そんなことが矢継ぎ早に頭の中に浮かんだ。

まるで上手《うま》くいかなかったときの保険をかけるかのように、こういう突き放す言い方しかできない自分が嫌になる。

とにかく今は歌うことだけに集中しよう。そうすれば嫌な気持ちも忘れられるし、何曲か歌えば芝草くんも満足して帰っていくだろう。

私はタイトルすらつけていない自分の持ち歌を歌い始める。それにつられて、芝草くんもカホンを叩き始めた。不思議なことに、ほとんど聴いたことないはずの私の曲に、芝草くんは完璧についてくる。それも、自らが出しゃばることなどなく、私の歌を尊重するような叩き方だった。

歌っていてこんなに気持ちがいいのは生まれて初めてだったと思う。誰かが自分の歌を支えていてくれるというだけで、こんなにも音楽は楽しくなるのだということを、芝草くんは私に身をもって教えてくれるのだ。

「なんだか今のすごくいい感じじゃなかった？　……ねえ、早く次の曲やろうよ」

テンションが上がって興奮気味な芝草くんは、早く次の曲に行きたくてしょうがない感じだった。私もそう思っている。けれども、心の中にはまだ素直になれない自分がいて、逃げに走ってしまう。こんなに楽しい音楽を知ってしまったら、もう自分は後戻りできなくなるのではないかと、そんな恐怖感があったのだ。

「……やっぱり今日は帰る」

我ながら酷《ひど》いことをしていると思った。こんなに寄り添ってくれる芝草くんの気持ちを踏みにじって逃げようとしているのだ。いくら彼でももう次はないなと覚悟した。もっと素直になっていれば、心から音楽を楽しむことができたはずなのに。私という人間は、どうしてこうも愚かなのだろうか。

「わかったよ。じゃあ、また今週末の金曜日、軽音楽部の新入生歓迎会で会おう」

芝草くんから返ってきたのは、意外な言葉だった。これほど私は突き放してしまっているというのに、彼はまだ私のことを考えてくれているのだ。

聞けばお菓子とかケーキがたくさん出てくるのだとか。とても卑怯《ひきょう》かもしれないけど、私は好物のモンブランが目的だということにして、もう一度だけ彼に会ってみたいと思ってしまった。これで最後にしよう。私に魅力的なところなどないとわかってくれれば、彼は自然に興味をなくしてくれるに違いない。そのほうが、二人にとって幸せであるはずなんだから。

※　※　※

週末金曜日の多目的室は、軽音楽部の新入生で溢《あふ》れていた。私はといえば、そんな和気《わき》藹々《あいあい》とした雰囲気に馴染《なじ》めず、部屋の端っこで一人モンブランを食べている。

「やあ奈良原さん、来てくれたんだね」

「……お、お菓子に釣られただけだから」

放っておいてくれればいいのに、やっぱり芝草くんは私に声をかけてくる。本当はもう少しだけ彼と話をしてみたいとは思うのだけれども、素直に言葉にすることができない。

「どう？　誰かと仲良くなった？」

「……別に。友達が欲しいわけじゃないし」

「だろうと思った」

私は芝草くんとは違う。どうせ彼みたいなドラマーはすぐに仲間ができて、バンドの一つや二つ、あっという間に組んでしまう。こんなところで私と話して油を売る必要なんてないのだ。

「……私に構っているヒマがあるのなら、その時間で芝草くんこそ友達をたくさん作ればいい」

こういう捻《ひね》くれた気持ちだけはすぐに言葉に出てくる。そういうことを言うたび、人間として性根が曲がっているなと思い知らされて嫌になる。

「もう、そんなに拗《す》ねたら美人が台なしだよ？　大丈夫大丈夫、奈良原さんならすぐにみんなに囲まれるようになるさ」

お世辞にしては下手くそすぎる。どうしてこう、彼は私がドギマギするような言い方をするのだろう。

「……やっぱり芝草くんには言葉が通じない」

「そう？　日本語には自信あるほうなんだけど」

「そういう意味じゃない。……もういい、これ食べたら私は帰るから」

　駄目だ駄目だ、芝草くんのノリに付き合ってしまったら、調子に乗ってしまいそうで怖い。私はすみっこでコソコソやっているくらいが丁度いいんだ。

　そうやって芝草くんの話を流していると、彼は他の男子生徒から声をかけられた。

「なあそこの……、芝草っていったか？」

「ん？　僕のこと？」

　芝草くんに声をかけたのは、なんだか私とは正反対の世界に住んでいそうな人だった。確か、岩本《いわもと》くんって言っていた。顔が良くて、背が高くて、多分楽器も歌も上手いのだろう。その証拠に、自然と取り巻きのような人たちがすでに寄り付いている。間違いない。

　彼は芝草くんをバンドに誘ってくる。

「ウチのバンドに入ってほしいんだ。やっぱりドラム担当って少なくてさ」

　予想通りだった。私は中学時代のことを少しだけ思い出す。

　ドラマーは引っ張りだこだというから、きっと芝草くんもあの子のように誘いを断ることができず、バンドに加入してしまうだろう。私とバンドを組むより、よっぽど合理的で賢い判断だ。

　でも、その誘いに対する芝草くんの反応が意外すぎて私は驚いてしまった。

「あーごめん、生憎《あいにく》先約がもういるんだよね」

　間違いなく『先約』というのは私のことだ。こんな私のために、岩本くんのバンドを断るのはさすがに損得計算ができていない。

「なら掛け持ちでもいいから、俺とバンドを組んでくれ」

岩本くんは引き下がらない。俺と組めば将来は保証してやると言いたげに、彼は芝草くんに加入を迫ってくる。

「悪いけど他を当たってくれよ。僕はその先約以外とやる気はないんだ」

その時の芝草くんの顔は、何故か清々《すがすが》しくて気分が良さそうだった。岩本くんに恨みでもあるのかと思ったけど、この二人は初対面のはずだからそれはない。そんな芝草くんの表情に苛立《いらだ》ったのか、取り巻きの一人が言いがかりをつける。

「お前、それ本気で言ってんのか？　陽介《ようすけ》のやつ、自分の歌をネットに上げてて超ヒットしてるんだぞ？　こんな大物とバンドを組めるチャンスなんて二度とないかもなんだからな！」

「それは凄《すご》いね。将来有名バンドになること間違いなしだ」

「だろ？　だからお前も陽介っていう勝ち馬に乗ったほうが絶対良いに決まっている」

わかりやすい勝ち馬だ。こんなものに乗らないほうがおかしい。もし私が芝草くんの立場なら、悩む余地もなく彼らとバンドを組むだろう。でも芝草くんはそうしない。それどころか、近くに立っていた私の肩をとって引き寄せるのだ。

「でもごめんよ、僕はそんな勝ち馬に乗るよりもっといい相棒を見つけたから。――ねえ、奈良原さん？」

ドキッとした。あまりに突然だったので、久しぶりに驚いた顔をしてしまったかもしれない。

「ちょっ……、ちょっと芝草くん……？」

「僕、この子としかバンドを組む気ないから。そこんとこよろしく。……それじゃ行こうか、奈良原さん」

そう芝草くんが言うと、私の手を取って部屋の外へ連れ出された。取り残された岩本くんたちはキョトンとしていたと思う。

どうして……、芝草くんは彼らとバンドを組まないの？

「ちょ……、ちょっと芝草くん、どこに行くの？」

芝草くんに手を引かれている。なんだかんだでついていってしまっていた。確かにあの空間にいるよりはマシだとは思う。でも、それ以上になにかに期待してしまっている自分がいた。

「うーん、とりあえず商店街に行こっか。セッションの続きをやろうよ」

「ほ、本当に私とバンドをやるつもりなの……？　あんな誘いを断っても良かったの？」

「最初からそう言ってるじゃん。僕、もう奈良原さん以外とバンドをやるイメージが湧かないんだよね」

そんなのずるすぎる。何が彼をそこまでさせるのかわからないけど、私は彼のその言葉でついに満たされて溢れそうになっていた。

「だからさ、僕と一緒に青春をやり直さないかい？」

心の扉が少し開いた音がした。

「……意味わかんない」

彼と一緒なら、もしかしたら、私は今度こそ変われるのかもしれない。

第六章　ヤンキーガール

新入生歓迎会の翌週。僕は軽音楽部の部室でドラムスローンに座ってスティックを握って手首をぐるぐると回していた。ドラムを叩《たた》く前の準備運動だ。これは絶対に欠かせないルーティン。

僕の目線の先では奈良原時雨《ならはらしぐれ》がギターのセットアップをしている。家にあったから持ってきたというサンバーストカラーのフェンダー・ジャズマスターを担ぎ、ギターアンプにシールドを接続してはつまみを弄《いじ》って四苦八苦していた。彼女はメカが苦手なのだろう、なかなか狙った音が出てこないみたいだ。

普段から時雨は表情のバリエーションが少ないが、この困り顔の彼女はなかなか悪くない。ずっと見ていられる。こんな綺麗《きれい》な子と一緒の空間にいられるなんて、タイムリープ万歳としか言えない。

「ねえ芝草《しばくさ》くん、ギターアンプの上手なセッティングの仕方って知ってる？」

「えっ……、あ、はいはい……」

僕は生返事をしてしまった。思わず見とれていたよ、とはさすがに自分が気色悪すぎて言えるわけもない。

お分かりのとおり、晴れてというか強引にというか、僕は奈良原時雨とバンドを組むことになった。

とりあえずはギターボーカルの時雨とドラムの僕という二人編成。デビューを目指すためでもなく、モテるためでもない。青春をやり直すことが目的のバンドだ。楽しくやっていきたいと思う。欲を言えばベース担当がいるともっと盛り上がるとは思うのだけど、いかんせんメンバーが見つからない。

原因は、先日の歓迎会で陽介《ようすけ》の誘いを断ったことに始まる。カースト上位で軽音楽部のエースとも言える彼の反感を買ったわけだ。彼を慕う連中からは当然のように嫌われる。

だがもともと僕は陽介と仲良くなるつもりがなかったから問題はない。時雨はそもそも一人ぼっちなので全く影響がない。気長に構えていれば、ベーシストの一人くらい見つかるだろう。

時雨に呼ばれた僕は、ギターアンプの前に立ってつまみをいじり始める。

「えーっと、確かトレブルとミドルは十二時にして……、ゲインで歪《ひず》みの量を……」

「芝草くん、ドラマーなのにギターのことよく知っているね」

そりゃあキャリアが君より十年違うからな。とは言わない。

「ま、まあそれなりに勉強したからね。人生は勉強することばかりだよ」

「……なんかおじさんみたいな言い草だね。芝草くん、本当に高一なの？」

「こ、高一だよ。間違いなく奈良原さんと同い年だよ」

実質二十六歳の僕に『おじさん』はかなりダメージのでかい言葉だ。時雨に悪気はないのだろうけど、ちょっと今の僕にそんなことを言うのはやめてほしい。

ギターのセッティングが終わると、時雨は手癖でコードをジャランと鳴らす。ジャズマスターのフロントピックアップから出る音は、丸っこいようでトゲがある、独特のトーン。これがまたたまらない。

ジャズと銘打っている割にジャズギタリストにはあまり好まれず、どちらかと言うとオルタナティブブロックでの使用者が多い。僕がもしギタリストだったら間違いなくこいつを手に取っているだろう。それくらい僕はこのギターが好きだ。時雨のお父さんが買ったおかげで今時雨が手にしているのだろうが、とても彼女に似合っていてナイスである。感謝状を差し上げたい。

「ありがとう」

「どういたしまして。それじゃあ、適当に音出しを始めようか」

「うん」

時雨のこの、はにかみそうではにかまない、少しはにかんだ絶妙な表情も最高だ。こっちも瞼《まぶた》の裏に永久保存したい。

さらに嬉《うれ》しいことに、歓迎会のあとから時雨はちょっとだけ喋《しゃべ》るようになった気がする。今みたいに『ありがとう』と言うようになったし、『おはよう』とか『またね』とかそういう挨拶を普通に交わせるようになった。僕の思い上がりかもしれないけど、時雨が少し心を開いてくれたようであればそれは喜ばしい。

僕はドラムスローンに座り直してタカタカとスネアを叩く。昨晩自宅で念入りに調整したので、ヘッドの張り具合なんかは最高だ。時雨はカポを二フレットにつけると、いつものあの曲――『時雨』を鳴らし始めた。

アコースティックギターの時と違って、ジャズマスターの音色にはパワーがある。極力歌を活《い》かすようなアレンジを心がけて、僕はハイハットを刻み、バスドラムのキックを踏んだ。

楽器が変わると曲が見せる表情というものも変わる。

時雨という言葉は本来、晩秋に時折降る小雨のことを指すけれども、今この曲はどちらかというと真夏のスコールのようだ。音の雨がざあざあと降っている。

僕はドラムを叩きながら、この子の持つ才能というのものに改めて感心していた。アコースティックであれだけの歌を歌う彼女は、こんな中途半端なバンド編成になってもその良さを失わない。むしろ、増幅するようにも感じるのだ。

奈良原時雨のファンである僕は期待せざるを得ない。ここに腕のあるベーシストが加わった時、このバンドがさらにどんな変化を起こすのかということに。

※　※　※

ある日の昼休みのこと。

「おい芝草、お客さんだぞ」

四時間目を睡眠学習していた僕は、野口《のぐち》のその呼びかけで起こされた。

せめて女子に起こしてもらえたら寝覚めも良くなるのだけど、野口が隣の席だから仕方がない。

「……お客さん？　一体誰だよ」

「知らないけど、なんかきれいな子」

「きれいな子……？」

そんな子に心当たりがないかといえばそうでもない。むしろ間違いなくこいつだろうという確証がある。でも、わざわざここに来るなんてどういう風の吹き回しなのだろうと少し困惑した。

「……芝草くん、ちょっと来て」

やっぱり僕の目の前に現れたのは時雨だった。理由はわからないが僕をどこかへ連れ出したいようだ。クラスのみんなは見慣れないきれいな女子が、冴《さ》えない僕を訪ねて来たということでざわざわしている。

本当なら教室で静かに昼飯を食べる予定だったけど、教室がこんな雰囲気になってしまったので外に出たほうがいいだろう。

「わかったわかった、今行くから」

それだけ言うと、僕は出しかけていた弁当箱を持って、時雨に連れられるように教室を出た。

「一体どこに行くのさ」

「いいからついて来て」

「僕、お昼ごはんを食べたいんだけど」

「……着いた先で食べればいい。私も一緒に食べるから」

要するに僕と一緒にお昼ごはんを食べようということらしい。シャイな時雨らしい連れ出し方だとは思うけど、余計に目立つような気がしないでもない。

それにしてもどこに連れて行くのだろう？　まさか一人ぼっちらしく便所飯とか言わないよな？

時雨は黙々と僕をどこかへ連れて行こうと先導する。いくつか階段を登った後、彼女は鉄の扉を開けた。

「……ここ」

「ここって屋上じゃないか。勝手に入っていいの？」

「大丈夫。私はいつもここに来ているけど、誰からも文句を言われたことない」

一周目のときも立ち入ったことのないそこは、学校の屋上だった。意外にもセキュリティはガバガバで、行く気になればすぐに行ける。今日みたいに天気がいい日は通り抜ける風が気持ちいい。

「……お昼、一緒に食べよ」

「最初からそう言ってくれればいいのに」

若干羞恥を含んだような時雨の表情は、それだけでご飯が食べられそうだった。役得だ、あまりにも役得すぎる。奈良原時雨独占禁止法があったなら僕は即刻有罪だろう。

適当な場所に陣取った僕は、持ってきた弁当箱を開ける。中身はいつもの通り、赤しそのふりかけがかかったごはんと冷凍食品の超重量打線だ。一方、時雨のお弁当箱の中身はサンドイッチだった。卵とかツナとか、オーソドックスなものがたくさん入っている。

「それ、奈良原さんが作ってるの？」

時雨はコクリと首を縦に振る。

「……作っちゃダメ？」

「いやいやそんなこと言ってない、お弁当作るなんて偉いなって」

「ほんと……？」

「ほんとほんと。僕なんてズボラだから、工場で働く人たちの労働力のおかげでなんとか完成した冷凍食品弁当だよ？」

時雨は僕の弁当箱を覗《のぞ》き込《こ》む。しばらく見つめた後、ちょっと安堵《あんど》のため息をついた。

その不思議なリアクションはまるで、テレビで特集されるかわいい生き物だ。

なんだろうこの幸せな空間は。一周目の僕は女子とお昼ごはんを共にすることが皆無だったおかげで、余計に嬉しくて仕方がない。

「それにしてもここ、すごくいい場所だね」

「だよね、私のお気に入り」

「もしかして奈良原さん……、ここで授業サボったりしてる？」

「……よく聞こえなかった」

カマをかけてみたらやっぱり図星だった。それもそうか。僕とバンドは組んだものの、時雨はまだまだ学校には馴染《なじ》みきってはいない。こういう逃げ場所の存在は大事だ。

一周目の逃げ道をなくして思い詰めてしまう時雨の未来を知っているだけに、なおさらそう思う。そんな逃げ場所に僕を連れ込んでくれるということは、時雨なりに心を開いてくれているということだろうか。

お弁当を食べ終わった。屋上を吹き抜ける爽やかな風のおかげでとても気持ちがいい。リラックスしようと僕は深呼吸すると、ある違和感に気がついた。

「……なんか、変な音がしない？　僕の気のせいかな？」

金属のワイヤを弾くような音。それもギターではなく、エレキベースのような太い弦を弾くような音だった。

「それは多分、あの貯水タンクの下にいる人のせい」

時雨は向こうにある貯水タンクを指差す。そのタンクの載った門型架台の足元には、確かに誰かがいるようにも見える。

「え？　もしかして僕らの他に誰かいるのか？」

「いる。あの人、多分私よりもここに入り浸ってる」

まさか時雨よりぼっち生活を極めている人間がこの学校にいるなんて思わなかった。時雨との幸せな空間を守るためにも、そこに何者がいるのか把握しておく必要がある。

僕は立ち上がって恐る恐る貯水タンクのほうへ近づいた。自分で言うのもなんだが、こんな誰もいない屋上でコソコソしているような奴《やつ》だ。間違いなく不良生徒だろう。逆上して殴られる可能性もあるけど、もし殴られたら殴られたでそいつは停学になるだろう。だから、僕と時雨の幸せ空間を確保するためには立ち向かうのが正解だ。

「おいそこのお前、何をやっているんだ？」

まるで不意打ちのように貯水タンクの物陰に隠れる生徒へ注意をした。

「……なんだお前？　やんのか？」

そこにいたのはやっぱり絵に書いたような不良生徒だった。独特なきつい香水の香りをまとっていて、髪の毛はわかりやすいくらい金髪に染まっている。喧嘩《けんか》っ早《ぱや》そうで、今にも拳が飛んで来そうだ。

でも僕は、その生徒の身なりに一瞬身構えた。目の前で地べたに座っていたのはまさかの女子生徒。しかも、何故《なぜ》かベースを携えている。ショートヘアで金髪。ピアス穴も数ヶ所開けているし、制服は着崩していていかにもヤンキーという感じだ。

しかしなぜか彼女には不思議と気品ある雰囲気があった。言ってみれば、優等生がわざとヤンキーの真似《まね》をしているような感じ。どこか整っていて綺麗なのだ。

切れ長の目が凜々《りり》しくて、全体的に細くてスラッとしたシルエットは女子でありながら王子様を彷彿《ほうふつ》とさせる。履いている靴のライン色から察するに、僕らと同じ一年生だろう。

「あっ……、いや、なんでこんなところでベースを弾いてんのかなーって」

さっきまでの僕の勢いはすっかりどこかに行ってしまった。ビシッと言ってやろうと思ったくせに、急に口調が弱々しくなるのは自分でも情けない。

「……別に、そんなの私の勝手だろ」

「確かに勝手だけど……、こんなところでサボってたら停学になっちゃうかもだよ？」

「構わないさ。いずれ学校なんて辞めることになるんだ、それくらいどうでもいい」

彼女は学校を辞める前提で話してくる。すっかり自暴自棄になっていて、自分の事などもうどうでもいいという感じで僕の話に聞く耳を持たない。青春を棒に振っている、という表現そのものの事が、まさに行われている最中だった。

僕としては彼女が停学になろうが学校を辞めようが、それはそれで時雨との幸せな空間を保持できるのでどうでもいい。でも、一つだけどうしても訊《き》かずにはいられないことがあった。

「ちなみになんだけど、そのベースは何？」

僕は彼女が担いでいるフェンダー・プレシジョンベースを指差して言う。セックス・ピストルズのシド・ヴィシャスや、ラモーンズのディーディー・ラモーンが使用していたような、白地のボディに黒のピックガード。それを持つだけでパンクロッカーであるということを示す、まさに名刺のような一本だ。

「これか？　これはただの暇つぶしだ」

「暇つぶし……？」

「空を見ているだけだと暇だからな。これで所在ないのを埋めている」

音楽をイヤホンで聴きながら、それに合わせてベースを鳴らしていると彼女は言う。

それにしたってなんでベースなのだろうか。ギターのほうが一人で演奏するならできる事のバリエーションが多いだろうに。

さすがにそんな野暮《やぼ》な事は訊かなかった。こんな屋上の片隅で孤独に過ごしている彼女の最後の拠《よ》り所《どころ》がそれなのだと思うと、そこまで深く探りを入れたくはない。

むしろこれはチャンスなのではないかと僕は思った。今、時雨と組んでいるバンドに欲しいものは『腕のあるベーシスト』だ。もしも、彼女にその気があるのであれば、バンドに引き入れるということも悪い選択ではない。

「じゃあ気が向いたらなんだけどさ、放課後にセッションしない？　僕、軽音楽部でバンドをやっているんだけど、丁度ベーシストがいなくてさ」

「……断る」

あっさりと突き放された。そりゃ、僕だってすんなり上手《うま》く事が運ぶとは思っていない。そんなことは時雨の時に既に経験済みだ。こういうときはねちっこくいくに限る。

「ああ、もしかして放課後忙しい系？　それなら別に今日じゃなくっても――」

「今日だろうが明日だろうが断る。お前、私みたいなのとつるみたがるとか頭おかしいだろ」

僕のセリフにかぶせるように彼女は言う。普通の不良だったら僕を威圧してくるだろうけど、彼女はそうじゃない。自分の事をまるで貧乏神みたいな風に扱っている。何かしら自分自身を肯定できない問題を、彼女は抱えているのかもしれない。

「なんでだよ、ベーシストが足りないんだからベース弾いてるやつに絡みにいくのは当然だろ？」

「そういう意味じゃない。……もういい、全く、お前とは会話にならないな」

同じようなことを時雨にも言われたなあなんて、僕はぼんやり思い出す。押してだめなら引いてみろとは言うけど、彼女の場合は引いてしまったらだめだ。なんとしても彼女のベースを僕は一度聴いてみたい。せっかく僕の前に現れたのだから、仲間に取り込めたほうがいいに決まっている。タイムリーパーと孤独な少女と不良生徒、そんな三人のバンドを組めたら、とてもエモくて青春映画みたいじゃないか。青春のやり直しがテーマであるならば、その辺のベーシストより彼女のほうが断然適任だ。これ以上ない。

「仕方がないなあ……。じゃあ、また明日出直すことにするよ」

「来なくていい。私に関わるとろくなことがない」

「それがろくなことじゃないのかどうか判断するためにも、また明日来ることにするよ」

彼女は僕の言葉に呆《あき》れたのか、最後は返答すらしなかった。

昼飯の続きをと思って時雨のもとへと戻ると、彼女は「遅い」とだけ言ってちょっとムッとした表情を浮かべた。僕が戻って来るのを律儀に待っていたらしい。かわいらしいじゃないか。

※　※　※

次の日の僕はカホンを持参して、屋上の給水タンク下にいる彼女のもとを訪ねた。やっぱり今日もベースを抱えて、空を見上げるように座り込んでいる。

僕は時雨にも協力してもらって、無理矢理《むりやり》こちらからセッションを仕掛けてやろうと考えた。言葉で説得が難しいのであれば、もう実力行使しかないだろう。楽器を装備した僕らの装備を見るなり、彼女は「マジかよ」と小さく漏らした。

「誘っても来てくれなそうだし、僕らが準備したほうが手っ取り早いかなと思ってね」

「……とんだお節介だな」

「いいじゃないか、どうせ暇つぶしなんだから」

こんな場所でセッションをしようだなんて普通の発想ではない。冗談だと思うのが普通である。それでも僕はどうしても彼女と一曲交えたかった。

「何の曲を演る？　一応いくつかレパートリーは用意してきたけど」

「まるで私がセッションに参加するのが前提みたいな話し方だな」

「えっ……？　ここまで来て演らないの？」

僕はお得意のすっとぼけた感じで、わざと驚いた真似をする。まず間違いなく最初は断られると思っているので、ちょっとおどけたふりをしたほうが険悪にならなくて済む。

「どこまで行っても演るもんかよ。私のことなんて放っておけと何回も言っているだろ」

やはり彼女はセッションを断った。テコでも動かないという感じだ。仕方がないので僕は時雨と二人でいつものセッションを始めることにした。楽しげに演奏しているところを見せつけてやれば、嫌でも身体が反応してしまうだろうという作戦である。彼女のバンドマンの性にかけるしかない。

時雨へアイコンタクトを送ると、彼女は二フレットにカポタストをつけたアコースティックギターを鳴らし始める。曲はもちろん『時雨』だ。もう何度も二人で演奏しただけあって、だいぶリズムのほうのアレンジも固まってきた。レコーディングさえしてしまえば、すぐにでも公募なんかにデモテープを送り付けられる、そんな状態。だからこそ、優秀そうなベーシストである彼女にはこの曲の良さに気がついてほしいなと僕は思った。

時雨の歌い出しで一気にその場の空気が変わる。それまで僕らのセッションに全く興味がなかった彼女ですら、時雨の歌声には反応せざるを得なかった。それくらい異質で群を抜いているのだ。それはそうだ。一周目では一世を風靡《ふうび》していた歌声なのだ。当たり前のように聴き入ってしまう。

ふと僕が気づくと、いつの間にか彼女はベースを手にして低音を刻み始めていた。エレキベースの生音は小さいが、確かに僕らの演奏に合わせるように弾いている。これは作戦大成功というやつだ。やっぱり時雨の歌は凄《すご》い。

「……あれ？　いつの間にかベース弾いてるじゃん。やっぱりセッションしたかったんじゃないか」

すかさず僕は彼女に茶々を入れる。

「ち、違う！　これは……、その……、手グセみたいなもんで……」

彼女は恥ずかしくなってきたのか、だんだん語尾が弱くなる。言い訳もちょっと苦しまぎれで僕はニヤニヤが止まらない。追い打ちをかけるなら今だ。

「まあでも楽しんでくれて良かったよ。もし良ければ、今日の放課後に軽音楽部の部室で練習時間を取ってるんだけど、来ない？」

「……行かないと言ったら？」

「そうだなあ、いっそ練習拠点を屋上にしようかな。そうしたら君もわざわざ出向かなくていいだろう？」

それはつまり、毎日こんな感じで彼女に見せつけるようなセッションが行われることだ。無視したいけど無視できない、気になり続ける状態が続くのであれば、彼女としても落ち着けなくなる。

　自分で言うのもなんだけど、こういうときに限って持ち前のしつこさが存分に発揮されるのはなぜなのだろう。一周目のあのときは何もできずにバンドをクビになっただけに、惜しいとしか言いようがない。

「……わかったよ！　行きゃいいんだろ行きゃ！」

「おおっ、来てくれるの⁉　それはとても助かるよ！」

　これまたわざとらしく僕は喜ぶ素振りを見せる。実際のところ嬉しいのだけど、大げさに喜んだほうが彼女の気持ちにより訴えられるかなと思ったのだ。

「……何が『助かるよ！』だよ。行かなかったら私の安息の場所がなくなるから仕方なくってことだからな！」

「ごめんごめん、別に君の居場所を奪おうって気はさらさらないから安心してよ」

「……ったく、変な奴に捕まってしまったな」

　彼女は肩をすくめた。それでも僕らに嫌悪というものを向けているようには見えない。音楽自体は純粋に好きなのだろう。おそらくそれを許さない何かしらの事情があるはず。好きでヤンキーっぽく振る舞い、こんな屋上の片隅で佇《たたず》んでいるわけではないと僕は踏んでいる。何回か一緒に演奏したらそういう裏の部分も見えてくるのではないかと、僕は大した根拠もなくそう考えていた。往々にして言葉よりも楽器のほうが感情を表現しやすいのだ。彼女の本心みたいなものがちょっとでも見えることを期待したい。

「そういえばまだ名乗ってなかったね。僕は芝草融《とおる》、こっちのギターの子は奈良原時雨さん」

「……片岡理沙《かたおかりさ》。片岡とは呼ばないでくれ、苗字《みようじ》で呼ばれるのは好きじゃない」

彼女の名を聞いた瞬間、頭の中でなにかが引っかかった。一周目のどこかで彼女に会ったことがあるのか、それとも誰かから聞いた話の中に登場したのか、それはすぐにはわからない。でも、間違いなく僕はその名前を知っていた。

「……じゃあ理沙、今日の放課後、軽音楽部の部室で待ってるから」

考えても答えが出ないなら仕方がない。僕はとりあえず理沙を部室に誘って、またセッションをする約束を取り付けた。

第七章　HELL-SEE

Band wo Kubi ni sareta boku to OSHI JK no Seishun Rewrite

片岡理沙《かたおかりさ》という名前に少しだけ心当たりがある。時間をかけて思い出しているうちに、だんだん頭の中が整理されてきた。

その出来事を解説するには一周目での話をしなければならない。

一周目で僕がバンド活動のために上京したのが二十歳の頃。上京したあともよく地元に帰って同窓会に顔を出していた。記憶をたどっていくと、片岡理沙という名前を耳にしたのは確かその同窓会のときだったと思う。飲み屋でバカみたいな会話をしている中で、友人がポロっとその名前を出したのだ。

「なあ融《とおる》、片岡理沙って覚えてるか？　高校のとき、めちゃくちゃ素行が悪くて退学になったやつ」

「片岡……？　知らないなあ」

「まあ、すぐ学校辞めちゃったし、一年のときは融とクラスも違ったから無理もないか」

「その片岡って人がどうかしたの？」

酒が進んでほろ酔いになっていた友人は、少々周りを気にしてから話を続ける。

「……実は、この間そいつに出くわしたんだよ」

「へえ、そんなこともあるんだね」

僕はあまりその話に興味などなく、とりあえず相槌《あいづち》を打っていた。

「しかも出会った場所ってのがまたスゲーところでさ」

「どうせお前のことだから、おねーちゃんのいる夜のお店とかでしょ？」

「おっ、さすが融、よくわかってるじゃん」

その友人が夜遊びや女遊びが好きなことをよく知っていたので、僕はその片岡という人に出くわした場所に関してすぐに感づいた。どうせこのあとは片岡とのやり取りを聞かされるのだろうと、ちょっとうんざりしたのは内緒だ。

「それでまあいろいろとお相手してもらったわけなんだけどさ、なんか目が死んでたっていう感じ？　生気がなくてこっちまで心配になっちゃったんだよ」

「そりゃ、仕事が大変すぎるからじゃないか？　そういう仕事って、ずいぶんと身も心もすり減るって言うし」

「確かにそうなんだけどさ、他の女の子と比べてもなんだか様子がおかしいもんだから、思わずいろいろ聞いちゃったんだよね。もちろん、高校の元同級生であることは隠していたけど」

僕は友人の口ぶりがいつものテンションと少し違うなと感じていた。大体こういうときの彼は夜のお店での武勇伝的なことを話すのだけれども、なぜかその時に限ってはシリアスな雰囲気だったのだ。

「片岡のやつ、タバコが見つかって高校を退学になったんだけど、その後家出して家族と縁を切ったらしいんだよ」

「家出か……、まあ、家庭で大変なことがあったんだろうね……」

「それでさ、なんとも奇遇なんだけど、どうやら片岡も融と同じでバンドをやっていたらしいんだ」

友人のその一言に僕は少し驚いた。

「へえ、バンドを」

「ベースを弾いてたんだとさ。結構人気があったって言っていた。お前、どこかのライブハウスで出会っていたんじゃないか？」

さすがにそれは確率が低すぎるよと僕は軽くツッコミを入れる。でも、同じバンドマンとして、少し彼女のことが気になり始めていた。

「夜のお店で働いていたっていうことは、バンドを辞めちゃったってことだよね」

「そういうことだ。……まあ、実際には辞めたというか、仲間に騙《だま》されたって言っていたけど」

そこそこ人気なバンドに所属していた彼女は、メンバーに騙され、そしてバンドを辞めざるを得なくなった。彼の言うその話は、当時現役バリバリのバンドマンだった僕にとって耳を塞ぎたくなるようなものだった。

「所属するバンドにとある人からデビュー話を持ちかけられたらしい」

「す、すごいじゃないか。僕らだってまだそんな話来たことないのに」

「でも、その持ちかけてきた奴《やつ》が提示したのはデビューのために必要な多額のレッスン代とか機材代。片岡は仲間にそそのかされて借金をしてまでその金を払ったんだと」

「仲間にそそのかされて？　それってまさか……？」

なんとなくそういう詐欺みたいな手口は僕も聞いたことがある。しかし、友人のその嫌な言い回しが気になってしまった。

「ああ、バンドメンバーとデビューを持ちかけたやつ、グルで片岡を騙そうとしていたわけ」

「なんでそんなことを……？　大切なメンバーなのに？」

「片岡の実家、名家なんだとさ。これは俺の推測だけど、他のメンバーがやらかして金に困っていたんじゃないかって思う」

「それで彼女からお金を引き出そうと……？」

「一番手っ取り早くて確実な方法だと思ったんじゃないか？　バンドからいなくなってしまえば、もはや他人みたいなものだしな」

詐欺以上に胸糞《むなくそ》の悪い物語だった。同時に、それを防ぐ方法があったのではないかとも思った。考えたところでもう手遅れではある。でも僕は、当事者ではないのにむしゃくしゃした気持ちになっていた。

「んで、夜のお店で働いて借金返済中ってわけだ。高校中退だし、実家とも縁を切ってい るから、それしか方法がなかったんだと」

「そんなのやりきれないよ。理不尽すぎる」

「まあな。おまけにあることないこと噂《うわさ》を広められたらしくて、もうバンドに復帰できそうもないって」

僕は言葉が出てこなかった。彼女の選択がことごとく裏目で、好きなものすら奪われてしまう。現在進行系で彼女は地獄を見ている。

「片岡が最後に『生きている意味がない』って吐き捨てていたのが、なんだか妙に心に残っちゃってさ。誰かに言いたかったんだけど、融しかいないなって思ったんだわ」

「それは……、皮肉？」

「違うよ、お前はそんな事にならないように頑張ってくれよってことだ。そうしてお前が売れたらたらふく奢《おご》ってやるよ」

友人は他人事《ひとごと》のようにその話を冗談で締めくくった。僕は、うそつけ、と彼に小さな声で切り返すことしかできなかった。

他人事といえばそれまでだ。でも、同じバンドマンとして、彼女に「生きている意味がない」なんて言わせずに済む方法があったのではないかと、その日はずっと思い詰めていた。

第八章　グッデイ・グッバイ

「やっぱり僕が思った通り、理沙《りさ》ってめちゃくちゃベースが上手《うま》いよね」

あの日の屋上でのセッションから何日か経《た》った。僕らは軽音楽部の部室で、理沙をベーシストに迎えて何度も演奏を重ねている。

さすが毎日一人で基礎練習のようにベースを弾き倒しているだけあって、理沙の技術というのは相当なものだ。一周目でも一応人気のあるバンドに所属していただけあって、彼女のベースの腕前はすでに高校生レベルを超えていると思う。

「……お世辞はよしてくれ。これくらい、軽音楽部の中にはごまんといるだろ」

「そんなことないよ。ねえ奈良原《ならはら》さん？」

時雨《しぐれ》に話しかけると、彼女は何も言わず首をコクリと縦に振った。理沙の腕前に関しては時雨も文句なしといったところだ。

「それにしたって、こんなに上手いのなら軽音楽部に入ればいいのに。どうして理沙はずっと一人なんだよ？」

僕は素直に感じた疑問をぶつけてみた。確かに時雨ほどではないけど、理沙にも近づき

Band wo Kubi ni sareta boku to OSHI JK no Seishun Rewrite

がたい雰囲気がある。それでも音楽は好きだし、会話が苦手な人柄ではないので、気が合う人間だって数人くらいいてもいいはず。

「……私が入ったら、みんな嫌がるだろ」

「そんなことないよ？　現に僕は嫌がってないじゃないか」

「それは……、お前らが私の……、いや、なんでもない。とにかく、そういうことなんだよ」

理沙は何か言いたげだったが言葉を飲み込んだ。よほど言いたくない理由があるのだろう。

「大丈夫だよ？　うちの軽音楽部は面白い人たちばかりだし、よく授業をサボる人もいるし。すぐに馴染《なじ》めると思うよ？」

僕はちらっと時雨を横目で見て理沙を軽音楽部へ勧誘してみる。しかし、彼女からイエスの返事を貰うことは難しいみたいだ。

「……いい、遠慮しておく。私のことでお前らの部活に迷惑はかけたくない」

「迷惑って……。理沙、まさかだけど隠れてタバコを吸ったりとかお酒を飲んだりとかしていないよね？」

僕はすっとぼけたように理沙へ質問する。この時点で学校を退学になってしまうようなことを理沙がやっていないのであれば、とりあえずまだ救いようはいくらでもあると思ったのだ。

「やってるわけないだろ。第一、タバコは嫌いだ。酒は……、おそらく遺伝的に飲めないだろうし」

「なら安心した。気が変わったらいつでも軽音楽部においでよ、待っているから」

理沙は調子が狂ってしまったように困った顔をする。

「……んなことはどうでもいい。ほら、次の曲を演ろう」

「それもそうだね、練習時間も限りあることだし」

とりあえず深く理由を詮索することはやめにした。人間誰しも言いたくないことはある。僕だって『タイムリープしてきた』なんて絶対誰にも言えない。


部室が使える時間いっぱいまで楽器を鳴らし続けていると、外はもう暗くなってしまった。そろそろ帰らなければ生徒指導の先生が見回りに来てしまう。

「すっかり遅くなっちゃったね、こんなに夢中でバンド練習をやったのは久しぶりだよ」

「……ああ、確かに楽しかったよ。ありがとな」

理沙はサラッと礼を言う。やっぱりこの子は根が真面目だ。何らかの理由があって真面目な生徒をやめたくなって、とにかくステレオタイプのヤンキーみたいな素振りをしているのだと思う。

まもなく最終下校時刻ですという校内放送が流れた。先生に見つかって何か文句を言われる前に早いところ帰ろう。僕ら三人は玄関で靴を履き替えると、何やら門の付近が物々しいことに気がついた。遠くからでよく見えないが、見慣れない黒い高級車が停まっていることはなんとなくわかる。

「……ちっ、余計なことしやがって」

理沙はそれを見て悪態をついた。一体どうしたのだろうか。

「理沙？　どうしたんだよ？」

「いや、なんでもない。悪いけど私は先に帰らせてもらう」

「それは構わないけど……？」

「すまないな……。もしかしたらお前らとバンドができるのは、今日で最後かもしれない」

あまりに突然のことで僕はすぐに理解ができなかった。理沙はあんなに楽しそうにベースを弾いていたのに、どうしてそんなことになってしまうのだろう。

理沙は僕らを振り切るように小走りで黒い車のほうへ向かっていく。もしかしなくとも、あの高級車は理沙を迎えに来たのだ。

「……ちょっと、おい！」

「申し訳ない、あまり詮索はしないでほしい」

去り際に理沙はそう言い残して車の中へ消えていった。車が走り去る寸前、運転席の窓が開いて運転手が僕に向かって話しかけてくる。彼は高級感のあるスーツを身に纏《まと》っていて、身なりも整っているナイスミドルだ。とても社会的地位の高い人のように見える。

「今日理沙が遅くなったのは君たちのせいか……。悪いがもう、親として理沙にこんなお遊びみたいなバンドごっこを続けさせるわけにはいかない」

「えっ……？　それはどういう……？」

「率直に言えば、金輪際理沙とバンドごっこなんてやらないでほしい。この子には、他にやらなければいけないことがたくさんある」

運転手がそう言うと、僕が何か言う前に車は走り去って行った。僕はただ立ち尽くしていたけど、その時の運転手の顔を見てピンと来た。あの運転手は一周目のときテレビでよく見た顔だ。

片岡《かたおか》という名字、一周目の同窓会のとき友人が言っていた「片岡の実家は名家らしい」という言葉、そして理沙が他人と関わることに消極的になってしまう理由、全てが僕の頭の中でかっちりとハマった。

僕の記憶が正しければ、理沙を連れ去っていったその人は、もうじきこの県の知事になる人。名前は片岡英嗣《ひでつぐ》。政治家の家系に生まれ、世襲で県議会議員になる。そして今から一年もしないうちに県知事選挙に出て、対抗馬をぶっちぎり当選する男。

つまり、理沙は未来の県知事——今は県議会議員の娘ということになる。

理沙が『みんな私のことを怖がるから』と言ったのは、自分の親が地元で絶大な権力を持つ政治家だからだろう。それが人間関係を上手く構築できずに、あんな感じで退廃的なグレ方をしてしまった理由の一つであることは間違いない。

あんなに楽しそうに、しかも並々ならぬテクニックでベースを弾く理沙。親の都合だけでもう手合わせすることも叶《かな》わないというのは、さすがに馬鹿げていないだろうか。しかもこのままではまた一周目と同じ道を歩んでしまう。救いようのない不良生徒だったならまだしも、あれだけ真面目で音楽にきちんと向き合える人間が、この先の未来、それも絶望の淵《ふち》で「生きている意味がない」とこぼしてしまう未来を僕は許せない。

なんとかして理沙にまたベースを弾いてほしい。そのためには根本的に理沙の家庭事情からひっくり返してやる必要がある。どうすれば良いのか全然わからないけれど、僕はとにかく考えを巡らせた。

第九章　FAIRWAY

次の日もその次の日も、理沙《りさ》は現れなかった。いつもベースを弾いていた屋上にも、サボり魔がたむろしていそうな空き教室にも、保健室にすらいなかった。

もしかしてと思ってダメ元で彼女が所属するクラスにも出向いたけど、やっぱりいない。

あの日から理沙は学校に来ていない。まるで父親である片岡《かたおか》議員に連れ去られてしまったかのように、その姿はなくなってしまった。

「——芝草《しばくさ》くん。……芝草くん？」

「えっ、あっ、ごめん、ぼーっとしてた」

軽音楽部の部室で時雨《しぐれ》と共に練習をしていたのだけれども、理沙のことが気になって身が入らなかった。

「……やっぱり気になってる？　片岡さんのこと」

「ま、まあ……、気になっていないと言えば嘘《うそ》だな。あんな去り方をされたらさすがに後味が悪い」

時雨はお馴染《なじ》みの変化に乏しい表情のままだ。それでも、わずかにしょんぼりしたような、そんな落胆の色が見える。

「芝草くん。私ね、三人で音を鳴らしてみてわかったことがある」

「わかったこと？」

「うん」

時雨は担いでいたギターのボリュームノブを一旦絞る。

普段の話し声が小さい彼女は、余計な音を出したくないとき――すなわち、大事なことを言いたいときはこういうことをする。

「バンドって凄《すご》く楽しいんだなって思った。もちろん、芝草くんと二人のときも楽しいけど、やっぱり片岡さんが入ったときの音が一番楽しい」

「奈良原《ならはら》さん……」

僕は時雨が素直に『バンドが楽しい』と言ってくれたことが嬉《うれ》しかった。

あれだけ自分の世界に引きこもっていた子が、ここまで前向きに音楽を楽しもうとしているのだ。多分それはもう、僕だけの力ではない。たった数回一緒に演奏しただけだけど、既に理沙のベースはこのバンドに欠かせないものになっていたのだ。

「だから私、また片岡さんと一緒に演奏したい」

「うん。そうだよな、僕も全く同じ気持ちだよ」

時雨とは初めてこんな感じで気持ちを共有できた気がする。時雨にまで『また一緒に演奏したい』と言わせる腕前だ、代わりなんていないに決まっている。だからなんとかしてまた理沙をこの場所に呼び戻したい。

「でも、片岡さん、一体どこに行っちゃったんだろう……？」

「それは、うーん……」

さすがに県議会議員の娘とあれば、理沙の家の場所くらい特定するのは難しくない。でも、そこに理沙がいるかどうかはわからない。それに、理沙を見つけ出したところでどうにもならないのも目に見えている。やっぱり理沙を引っ張り出すには、彼女を縛り付けている根源を取り除かなければならないだろう。

未来の県知事。それが次に僕が向き合わないといけない壁だ。

一介の高校生が立ち向かうにしてはでかすぎる壁。しかも相対する表向きの理由が、娘さんと一緒にバンドを演りたいからというそれだけだからおかしなものだ。

それでも僕と時雨は、理沙が戻って来ることを切望している。ここは泥臭く、真正面からやってみるしかない。

「やっぱり直接理沙の親父《おやじ》さんに会うしかないか」

「……だけど、どうするの？」

「会うだけなら簡単さ。片岡英嗣《ひでつぐ》の選挙事務所に行けばいい」

すると、時雨は不思議な顔をする。

「選挙事務所……？　片岡英嗣って誰？」

ここで僕は、時雨には理沙の父親が片岡英嗣という県議会議員であることは言っていない事に気づいた。ちょっと口が滑ってしまった。僕はある程度未来のことを知ってしまっているので、言動には気をつけなければ。

とりあえずこの場は適当な感じに取り繕っておく。

「あっ、いや、この間理沙を迎えに来た人がなんか見覚えあるなーと思ってね。調べたら県議会議員の人だったんだよ。それも、代々続いている感じの」

「……そうなんだ。じゃあ片岡さん、名家の出身なんだね」

時雨はなにか今まで引っかかっていたことが解決したかのように納得した表情を見せた。

「まあ、そういうことだろうね。多分、家庭内でいろいろあって、あんな感じの不良を演じていたのだと思うよ」

県議会議員、いや、未来の県知事の娘ともなると、成績優秀で品行方正が求められるだろう。でも理沙はそうはしなかった。いや、多分真面目な彼女のことだから、やれと言われればそういう風にできるはず。だから、理沙には理沙なりの理由が絶対にある。それをどうにかして、父である片岡英嗣に訴えかけられないだろうか。

「とにかくやってみるしかない。善は急げだ、奈良原さん、このあとちょっと付き合ってくれる？」

「うん、行く」

まだ部室での練習時間は残ってはいるけれど、僕らはそれを切り上げて学校を出た。向かう先はもちろん片岡英嗣の選挙事務所。そろそろ知事選挙が控えているので、準備のために事務所に彼がいる可能性は高い。

「ここか……、やっぱり地元の有力者だけあって事務所もでかいな」

「ねえ芝草くん……、本当に大丈夫？」

一緒についてきた時雨は少し怯《おび》えている。当たり前だ、もちろん僕だってビビっている。一周目でバンドをやっていた頃、遠征に出て地方のボスみたいなバンドに挨拶をしにいった時なんかより数倍緊張している。

「大丈夫だよ、なんとかなるって。念《ねん》の為《ため》だけど、奈良原さんは外で待機しておいてもらえるかな？」

「……うん、無理しちゃダメだよ？」

「わかってるって。一応相手が相手だし、僕と奈良原さんでＬＩＮＥ通話を繋《つな》いだままにしておこう。何かあったら、すぐに警察を呼ぶように」

さすがに県議会議員ともなればそんなことはしてこないとは思うけど、予防線は張っておいて損はない。

僕は腹をくくって片岡英嗣選挙事務所の呼び鈴を押した。すると中から聞き慣れた声で返事がして、事務所のドアはあっさりと開けてもらえた。

「はい、どちら様で——。って、芝草か⁉」

「えっ……？　もしかして、理沙……？」

ドアを開けたのは理沙だった。お互いにどうしてだよという感じで驚いている。

でも僕が驚いたのは理沙が出てきたことだけじゃない。金髪ヤンキースタイルだった彼女は、髪を黒く染めてビジネススーツを身にまとっていたのだ。

「り、理沙……？　なんでここに？　それにその髪……」

「……それはあまり聞かないでくれ。それより、何の用だ？　まさか、私を連れ戻しに来たとか言わないよな？」

まさにそうだよ。とは素直に言わなかった。

理沙は頑固な性格をしている。ここで連れ戻しに来たとか言ってしまえば、むきになって僕を追い返すかもしれない。まず何よりも今は理沙から門前払いを受けることだけは避けたい。

「連れ戻すというかまあ……、ちょっと片岡議員にお話というか……？」

「お前バカだろ！　うちの父親と話したところでなんにもならないに決まってる」

「そうかもだけど、イマイチ僕は納得いってないんだ。だから少しでも話ができたらなって思ってここに来た」

「お前ってやつは……」

理沙はため息をついて頭を抱える。彼女も何をどうしたらいいのかわからないのだろう。

すると、そんな困惑した理沙のことを察知したのか、奥から低くて落ち着いた声と","ともにスーツを着こなした男が姿を現した。――間違いなく理沙の父親、片岡英嗣議員だ。

「どうした理沙、玄関口で長々と立ち話とは」

「あっ、いや、父さん、ちょっと知り合いが来たみたいで……」

彼はチラッと一瞬僕のことを見る。さすが議員といったところか、たったそれだけで今起こっている事の大枠を摑《つか》んでしまった。

「理沙のことでここに来たようだな」

「……はい、どうしても片岡議員とお話がしたくて」

その時の僕は言われもない恐怖感みたいなものがあったと思う。いつも軽快にハイハットを刻んでいるはずの右手が、全く言うことを聞かずに震えているのだから。

「……まあいい、時間はあまりないが話は聞こう。政治家たる者、人の話に耳を貸さないということはない」

「本当ですか⁉　ありがとうございます！」

これが上に立つ者の器量というものなのだろうか。片岡議員は、あっさりとなんの後ろ盾もないただの高校生である僕を事務所の応接室に通したのだ。

高級そうな椅子と、ローテーブルを挟んだ向かい側に片岡議員は鎮座する。理沙は、応接室の隅でまるで傍聴席にいるかのようにただ座っていた。

「……率直に言います。理沙さんとバンドを演らせてください」

「駄目だ」

腹に力を込めて放った僕の一言は、あっさりと片岡議員に跳ね返された。

それもそうだ。ここで彼が「いいぞ、どんどん演りなさい」なんて言うはずがない。しかし、稀代《きたい》のしつこさで奈良原時雨を改心させた僕だ。これくらいでめげるタマじゃない。

「どうして駄目なんですか？　その理由に納得するまで、僕はここを立ち去ることはできません」

耐久作戦ならドンと来い。好きなバンドの物販開始列に数時間並ぶことがザラだった僕だ。何時間でも待ってやる。

片岡議員は、軽くため息をついて話を始める。

「芝草くんと言ったか。君には悪いが理沙は、秋頃を目処《めど》に海外へ留学させるつもりだ」

「留学……？　どうしてなんですか？」

突拍子もない片岡議員の言葉に僕は耳を疑う。

「それは、私は理沙に人生のレールを上手に走ってほしいと思っているからだ」

「人生のレール……？」

片岡議員は、戸惑いを隠せない僕をよそにこう続ける。

「私の教育方針として、理沙には徹底して型にはまった人生を送ってもらいたいと思っている」

「それはどういう……？」

そんな教育方針があってたまるものかと僕は耳を疑った。しかし、片岡議員は淡々と述べる。

「世の中には『型破り』と呼ばれる成功者が存在する。しかし、それは本当に稀有《けう》な存在だ。君はそう思わないかい？」

「……はい。確かに革新的なことをして成功する人というのは、ごく僅かだと思います」

「そういう連中を真似《まね》し、型にはまることを自ら拒否して何事も成せなかった人間も多々いるわけだ」

「……もしかして、理沙がそんな人間にならないように、型にはまった人生を送れと、そういうことですか……？」

片岡議員はローテーブルにあるお茶を一口飲んで間をとった。

型にはまった人生。それは普通に高校を卒業し、学才があれば大学へ進学、そして企業やお役所に就職してそれなりの家庭を持つこと。そう言い換えてもいいだろう。身近な例を挙げれば、一周目の野口《のぐち》が最もそれに近い。

理沙の家柄を加味すれば、政治の道へ進むこともその中に入っているはず。

「そういうことだ。政治家の血筋というのは、型破りを真似していては成り立たない」

「だからって、それを理沙に押し付けるのは……」

「押し付けてなどいない。むしろ、理沙のような不器用な人間こそ、徹底して型にはまった人生を送ったほうが利口なんだ。不器用な人間は、レールから外れてしまうともう元には戻れない」

僕にはその言葉が胸の奥にチクチクと刺さってきた。一周目のとき、僕は高校を卒業してすぐに音楽の道へ駆け出した。もちろん収入など安定はしないし、売れたとしても将来の保証などない。ただ、それでも僕は夢があるから人生が楽しいのだと自分に言い聞かせて毎日をなんとかやり過ごしていた。

親友の野口が大学を卒業して役所に就職したとき、僕はつまんない人生だなと思いつつ、明日の衣食住のことを心配しなくてもいい生活を羨ましく思った。彼が結婚したときも、そろそろ子どもが産まれると言ってきたときも、同じような気持ちになった。自分自身も、型にはまった人生を送ることができていたらどれほど幸せだったのかなと思ったことが、ないわけじゃない。

でもその時の僕はもう後には引けないところまで来ていたのだ。そうして結局、その人生は絶望の結末を迎えることになる。だから僕は、片岡議員のこの過干渉とも言える親心に、即座に反論することができなかった。

片岡議員はキレ者だ。僕がどう返そうともそれに対する完璧な回答を用意している。そうでなければ、若くして県知事になるなんてあり得ないのだ。

「理沙は既に無駄な時間を過ごしてしまった。学校もサボりがちだし、髪も染めてピアス穴まで開けるようになってしまった」

その瞬間、部屋の隅に座っていた理沙は、何かを恐れるような表情になった。取り繕っても駄目だと諦めたのか、理沙はその場でうなだれる。

「だからこそ、最後のやり直しのチャンスとして私は理沙を海外留学させるのだ。向こうは九月から新学期が始まる。仕切り直しにはちょうどいい」

完璧な計画が片岡議員の頭の中では組まれていた。九月になるまでのこの期間は、理沙を自分の選挙事務所で手伝わせて処世術を身に着けたり顔を売ったりさせるのだろう。監視の届く範囲に理沙がいるのであれば、彼としてもこれ以上ないことだ。そうなると尚更《なおさら》、僕が口を出したところでどうにかなるなんてあり得なくなってきた。

「……それは、理沙が望んだことなんですか」

苦し紛れの一言を放つ。

「望むも望まないも関係ない。どうやったら自分の人生を正しく進められるのか、それくらいのこと、理沙はわかっている」

「で、でも……」

会話を止めたら負けだ。僕は一秒でも長く繋ぎ止めてやろうと粘る。しかし、その流れを止めようとしたのは他の誰でもなく理沙だった。

「……もうやめてくれ芝草。わかっただろ？　私はこういう境遇にいるんだ、だからもうバンドなんてやらない」

絞り出すような声で彼女はそう言う。本心は音楽をやりたいに決まっているのだ。それを自分の意思に関係なく奪われてしまったことで、理沙は一周目で間違った道を進んでしまうことになった。音楽に最後の逃げ場所を求めたのに音楽に裏切られて、「生きている意味がない」なんてこぼしてしまうような彼女の人生は、ここで変えるしかない。

「そんなバカなことがあるかよ！　音楽はもう理沙の人生の一部だろ？　失ってしまったらもう、生きている意味なんてなくなっちゃうんだよ！」

柄にもなく大きな声を出してしまったと思う。

少し時間が経《た》った。熱くなっていた僕は正気に戻ると、やってしまったと自身の行いを反省する。

「す、すいません……」

「芝草くん、君の言いたいことは大体わかった。そうしたい気持ちも理解できる。……ただ、君には圧倒的に足りないものがある」

沈黙を破って片岡議員がそう言う。

「僕に足りないもの……？　それは一体」

彼はもう一度ローテーブルにあるお茶に口をつけて続ける。

「人を説得するには、それなりの材料が必要だということだ」

「説得材料ですか……？」

「そうだ。例えば、科学的に証明された論文や、統計に基づいたデータという、数字や実績がわかるものというのは実に使いやすい。政治家である我々も、討論をする際にはこういう材料を使う。現物を見せるなんていうことも、とても有効な手段だ」

片岡議員はまるで教鞭《きょうべん》をとるかのように言う。さすが政治家といったところだ。その語り口は理路整然としていてわかりやすい。

「情に訴えるのはその後だ。人を動かすには順序というものがある。君にはそれが足りない」

「順序……、説得材料……」

僕は授業に集中しているかのように片岡議員の言葉を繰り返していた。でもこれはどういう意図なのだろう。彼のやりたいことがイマイチよくわからない。僕が理沙を連れ戻そうとしているのを、ただ闇雲に排除しようとしているわけではないのだ。

「……まだ気が付かないか。仕方がない、これは大サービスだ」

片岡議員はそう言うと咳払《せきばら》いをして、もう一度真剣な眼差《まなざ》しで僕を見た。

「私は君に『理沙と金輪際バンドごっこをやるな』と言った。それは、理沙に無駄な時間を過ごしてほしくないからということに尽きる」

それは先日、理沙を車で迎えに来たときの片岡議員のセリフだ。理沙を連れ去られたとき、彼の口から出た『バンドごっこ』という言葉にもなんとなく腹が立ったのを覚えている。

その腹立たしい気持ちが蘇《よみがえ》って来ると同時に、僕はやっと理解することができた。片岡議員の言いたいことを。

彼自身、理沙がバンドをやることに関して完全に反対しているわけではないのだ。ただし、やるならば条件がある。それは、生半可な気持ちで理沙をバンドに巻き込むなということ。もう一つは、バンドに取り組んだ時間が決して無駄ではないと言い切れるだけの結果を残せということだ。

音楽で結果を出すのはそんなに簡単なことではない。それは人生二週目の僕自身が一番よく知っているし、おそらくこの聡明《そうめい》な片岡議員は百も承知なのだろう。だからこれは僕、いや、僕と時雨に対する挑戦状みたいなもの。趣味で楽しくやるのではなく、音楽人として真剣に取り組んだ上で、さらに誰もが納得する結果を出せ。そういう決意でもなければ、理沙にバンドを演らせるわけにはいかない。彼は、僕にそう言いたいのだ。

僕は迷っていた。片岡議員の言う、バンドに本格的に取り組んだ上で結果を出せというのはそんなに難易度の高いものではないと思っている。なんせこっちには奈良原時雨がいるのだ。一世を風靡《ふうび》する程のセンスと歌声を持った彼女がいれば、そのへんの賞レースで何かしら受賞をすることは容易《たやす》いだろう。

でもそれは諸刃《もろは》の剣でもある。一周目の奈良原時雨は着々と実績を積み上げていたが、最後は自宅マンションから飛び下りる運命だった。

それが音楽によって生じた苦悩によるものかどうかは知る由もないが、原因の一つである可能性はかなり高い。だから僕は二周目のこの人生、時雨と楽しくバンドを演ることだけを考えていた。でも理沙をバンドに加えるためには、その考えを捨てなければならない。時雨にだってどんな負担を強いることになるのか想像がつかないのだ。それを僕だけの裁量で決めてしまっていいものなのか、すぐに判断ができなかった。

「――話はこれで終わりかな。何も言うことがなければ、私はまた仕事に戻るとするよ」

片岡議員は残っていたお茶をすべて飲み干して、応接室を出るために立ち上がる。ここを逃したら一巻の終わりだ。さっきまで迷っていた僕はもう後先考えることをやめて、最初で最後のカードを切ることにした。

「……お願いしますっ！　もう少しだけ、僕らにチャンスを頂けませんか！」

「し、芝草……」

理沙は僕のとった行動に驚いていた。

人生二周目にして、僕は初めて膝を地に着けて頭を下げたのだ。いわゆる、土下座というやつだ。

こんな一介の高校生が土下座をすることにそれほど価値があるわけではないことくらいわかっている。でも、本気であることを示すくらいのことはできるかもしれない。それに、今の僕には他の方法もない。

「頭を上げなさい。そういう方法はむやみに使って良いものではない」

片岡議員はもっともらしく言う。大人として、土下座をする高校生を諭してくるのは至極当たり前のこと。

「むやみに使う気なんてないです。ここ一番だから、こうやっているんです」

「言っただろう、君には足りないものだらけだと。だからそんなことをしても意味がない」

「ええ、おっしゃる通りです。僕には科学的に証明された論文も、統計に基づいたデータもありません」

頭を下げたまま、僕はもう一度息を吸い込み、腹に力を入れて声を出す。

「だから、現物を観《み》てもらう以外に方法はないと思っています」

その一言と同時に僕は顔を上げた。これ以上ない強い眼差しで片岡議員のほうを向くと、彼は少しだけ間をおいてからこう続ける。

「……それで、その現物を見せるため、君は私に何を求めるのだ？」

「僕らの演奏を観てもらうまで、少しばかり時間をいただけないでしょうか」

「猶予が欲しいということか。だが、もし私が無理だと言ったらどうする？」

「いえ、そんなこと絶対に言わないと思っています。何も説得材料がないならまだしも、現物を観ずに判断を下すほど、片岡議員は愚かではないと信じているので」

完全に僕のスタンドプレイだった。時雨の意向や理沙の気持ちは、後でなんとか折り合いをつければいいという、後先を全く考えていない無謀なチャレンジ。おまけに一歩間違えば片岡議員の神経を逆なでしかねない、やや挑発的な言動だった。

しかしその心配は、一瞬で吹き飛んだ。

「……父さん、お願いします」『お、お願いしますっ……！』

打ち合わせなど全く行っていないのに、理沙は片岡議員へ頭を下げた。そして僕の胸ポケットに入っていたスマホからも、電話越しに時雨から懇願する声が響いた。

永遠にも似た長さの沈黙が流れたあと片岡議員が放ったのは、意外な言葉だった。

「……まあいい、時間をやろう。また出直すがいい」

それは僕らにとって首の皮一枚繋がったような、ぎりぎりの結果だった。でも、このまま最悪のシナリオへと進むことだけは避けられた。まだチャンスはある。

片岡議員が静かに応接室から立ち去ったあと、僕は拳を強く握りしめたまま選挙事務所をあとにした。


「ごめん、勝手にあんなことを言ってしまって」

選挙事務所の近くの公園で、僕ら三人は反省会をしていた。やむを得なかったとはいえ勝手に突っ走ってしまった僕は、少しばかり反省している。

「いや、ありがとう。芝草が父さんに攻めかからなかったら、本当にあそこで今生の別れになっていたかもだしな」

「うん。びっくりしたけど、あれしか方法がなかったと思う」

スーツ姿の理沙がフォローを入れると、時雨も付け足すように賛同する。

片岡議員は間違いなく僕らを見捨ててはいない。ただ僕が手段を間違えたというそれだけなのだ。だからせっかく貰ったこの猶予期間で、次こそ彼をうんと言わせるチャンスを作らなければならない。

「にしたってどうするかな。父さんに演奏する姿を見せるのはいいけれど、都合よくそんな機会があるものなのか？」

「うっ……、そこまでは全然考えられなかったよ……」

やっぱりなという表情で、二人は僕を見る。ここできちんと考えていたならば、どれほど格好良かっただろうか。事前準備の大切さを僕は今になって思い知る羽目になった。

ふと、時雨がおもむろにスマホを取り出してブラウザを開いた。なにか思いついたのだろう。検索エンジンにフリック入力で文字を打ち込むと、表示されたのはとあるウェブサイト。

「……これ、応募してみたらいいんじゃないかな？」

時雨はそのウェブサイトを僕らに見せつける。そこには、当時僕が憧れていたイベントの名前が載っていた。

「……未完成フェスティバル？」

「それって、もしかしてあのラジオ番組のやつか？　平日の二十二時にやっている……」

理沙が食いつくと、時雨は静かにコクリとうなずく。その番組の名前は『School Of Life』、ロックバンドやシンガーソングライターのパーソナリティが曜日ごとに代わる登場し、音楽を紹介したり裏話をしたりとロックキッズにはたまらない番組だった。

奈良原時雨はこの番組のヘビーリスナーであったと一周目では公言していた。それも、この番組がなかったら生きていられなかったかもしれないと、実際に番組へ出演を果たしたときに発言したことも僕は覚えている。

だから時雨には、このコンテストに並々ならぬ思い入れがある。思いが強いイベントなら時雨の熱も入るだろうし、そうなればバンド全体のモチベーションも上がる。選択肢としてはこれ以上ない。

「でもこのイベント、ライブ演奏の前にまずは書類選考とかがあるんじゃないか？」

興奮気味だった理沙はふっと我に返りそう言う。確かにこの手のコンテストというのはまず書類選考だ。それには大なり小なり時間がかかる。記憶が正しければ、実際にライブの演奏をするのは書類選考突破後の二次予選以降だったはず。

「た、確かにそうだけど……、でも……」

時雨は少ししょんぼりとした表情を浮かべる。せっかく提案してくれたことなので、これを易々《やすやす》と却下するのは僕にはできない。それに、今は手段なんて選んでいる場合ではないのだ。可能性があるのならば何でもいいから一歩踏み出すべきだろう。

「いや、奈良原さん、ナイスアイディアだよ。僕ら三人が演奏する姿を見せるだけじゃなくて、うまくいけば受賞という結果を出すこともできる。こんないい方法、他にないよ」

「ほ、ほんと……？」

「もちろん他に何か手段がないか考える必要もあるとは思う。でもとりあえず今は未完成フェスティバルに向けて突き進んだほうが、迷うこともなくていいと思う」

僕は柄にもなく熱弁する。その僕の熱量に気圧《けお》されたのか、理沙は苦笑いを浮かべた。

「まあ、他にいい方法があるかって言われたら全然思い浮かばないしな。それでいこう。私もちょっと興味があるんだよな。そのコンテスト」

「じゃあ決まりだ。とにかくやってやるしかない」

僕ら三人は目を合わせてお互いにうなずいた。いつだってブレイクスルーというものは、愚直に突き進んだ先にある。

第十章 ANOTHER STARTING LINE

片岡《かたおか》議員事務所での騒動から数日。軽音楽部の部室には、何事もなかったかのように理《り》沙《さ》の姿があった。父である片岡議員から猶予期間を得たということで、正式に僕と時雨《しぐれ》のバンドへ加入することになり、軽音楽部にも入部することになった。

黒染めした髪をまた染め直すことはさすがにしなかったけど、だんだん黒が抜けて若干髪色は明るくなっている。

「──ワンツースリーフォー！」

「違う違う、ラモーンズのカウントはもっと曲とかけ離れたテンポでやるんだよ」

「……それ、カウントの意味ある？」

時雨が日直で少し遅くなるということで一足先に部室入りした僕らは、何故《なぜ》か理沙の思いつきで『ラモーンズごっこ』を始めることになった。

ラモーンズごっこといっても特に演奏をするわけではない。彼ら特有の曲が始まる前のカウントをひたすらモノマネするというそれだけのことだ。

しかし理沙というやつは、本当にパンクロックが大好きなのだろう。パンクのことになると目の色が変わる。ベースの腕前はかなりのものであるのに、それを必要としないラモーンズやセックス・ピストルズみたいなバンドが好きなのは、それはそれで理沙の個性が強く出ていて僕は良いと思う。

これは僕の勝手な推察だけど、彼女のクローゼットを開けたら女子高生が着ているような服はほとんどなくて、黒のライダースジャケットとかスキニージーンズとかそういうものだらけな気がする。それこそスカートなんて制服以外では着用しなそうだ。そんな硬派な感じも理沙らしくて良い。

「……ワンツースリーフォー!!」

「そうそう、そんな感じ！　『Rockaway Beach』っぽくてすごく良い！」

「……なんなんだこの練習」

こんな感じでバカバカしいなと思いながらも、やっと理沙が加わってバンドらしくなったのは喜ばしい限りだ。

そろそろ時雨もやってくるだろうし、そうなったら真剣モードに切り替えて頑張るとしよう。

「……な、何をやってるの？」

そう思った矢先、既に時雨は部室にやって来ていた。得体のしれないものを見るようなジト目で僕らのことを見つめている。

どうやら『ラモーンズごっこ』の一部始終をを見られていたらしい。お遊びとはいえ、まじまじと見られるとなかなか恥ずかしいものがある。

「いや、これは理沙がラモーンズの真似《まね》をだな……」

「そうだ、ラモーンズは最高なんだぞ」

時雨は「ふーん」とだけ言ってギターのセッティングを始めた。まずい、もしかして機嫌を損ねたかもしれない。

するとと時雨は、僕の予想に反してこんなことを言う。

「……今度は私も交ぜて」

「もちろんさ！　ラモーンズは最高だからな！　奈良原《ならはら》もパンクロックを聴くといいぞ」

僕はそれを聞いてホッとした。案外時雨にもそういうお茶目《ちゃめ》なところがあるみたいだ。

改めて練習を始めるためにセッティングを再開すると、ふと時雨が一言こぼした。

「……そういえば気になることがあるんだけど」

時雨はドラムスローンに座る僕のほうを向いてそう言う。これからのバンドの話とか、新しい曲のこととか、そんな話だろうか。

「ん？　どうした？」

「芝草《しばくさ》くん、片岡さんのことだけ『理沙』って呼ぶよね」

てっきり真面目な話が来ると思っていた僕は、時雨のその疑問に肩透かしを食らったようにずっこけた。

でも確かに言われてみればそうだ。僕から理沙を呼ぶときだけは『理沙』、それ以外この三人でお互いを呼ぶ時は苗字呼《みようじ》びだ。こうなったのには理沙がそう呼べと言ったこと以外特別な理由はない。ただそれが自然になっていただけ。

「そ、それは理沙が苗字で呼ぶなって言うから……」

「……じゃあ、私も苗字で呼ばないで」

時雨はちょっといじけているように見えた。ここまできておいて自分だけ仲間はずれとか、そういうのが嫌なのかもしれない。なかなか時雨にも可愛《かわい》らしいところがある。

「わかったわかった、せっかくこの三人でバンドを組むことになったんだから、もうお互い名前呼びにしようよ。それでいいかい？　時雨」

「……うん。それでいいよ、融《とおる》」

その瞬間だけ、普段あまり変化のない時雨の表情が少しだけ明るくなったような気がしないでもない。スーパースローカメラでもあれば確認できるだろう。

しかしながら、やっぱり女子に下の名前で呼ばれるというのはいくつになってもドキドキする。今の僕は十六歳だけど。

「じゃあ私もそうさせてもらうかな。よろしくな、融、時雨」

「よろしくね、理沙」

理沙はニカッと笑う。彼女にはちょっと硬派なイメージがあるけれど、さすがに時雨と比べると数億倍表情が豊かである。あの屋上で自暴自棄になっていた退廃的な理沙の姿はもうそこにはない。ただそれだけのことだけど、バンドへ巻き込んで良かったなと思える。

「……さて、じゃあ今日の練習を始めようか。みっちり練習したらマクドナルドかどっかでバンドミーティングでもしよう」

「おー」「賛成」

二人は軽く腕を突き上げる。その緩い雰囲気から、もしかしてただマクドナルドに行きたいだけじゃないのかなと思わないでもないけれど、決して悪い空気ではないなと僕は思う。

そういうことを感じ取れるくらいにはなっていた僕は、いつの間にかこのバンドのバンドマスターになっていた。一周目のバンドでは陽介《ようすけ》についていくだけだったけど、この癖の強い二人を引っ張っていくというのも案外悪くないなと思う。

「父さんをぎゃふんと言わせなきゃいけないしな、練習もミーティングもがっつりやらないと」

「うんうん。三角マロンパイ食べたいし」

時雨はどうやら、モンブランだけじゃなくマロンパイも好きらしい。しかし今はまだ春だ、栗《くり》のメニューは季節外れである。

「時雨、それは秋限定メニューだよ？」

「そうなの……？　じゃあ行くのやめる……」

「いやいや、それは来てくれよ！」

「……冗談」

時雨はお決まりのはにかみそうではにかまない、少しだけはにかんだ顔をする。

まだ不完全だけど、やっとここから僕らの青春が始まる、そんな気がした。

※　※　※

翌日、僕は未完成フェスティバルの応募を承諾してもらうために顧問の先生のところへ向かった。

顧問の金村《かねむら》先生は化学を担当するぽっちゃりした女の先生だ。丸みのある身体でいつも白衣を着ているので『ゆでたまご先生』とか呼ばれたりしている。そんなニックネームだけど、別に漫画を書いているわけではないし、好物も牛丼ではない。

特に厳しい先生ではないし、あまり部活に対して口を出してくることもない。普通にお願いすれば、普通に承諾してくれるだろう。と、思っていた。

「うーんとね、芝草くん。このコンテストに参加することを承諾するのは構わないんだけど、ちょっと困った事になっているのよ……」

金村先生は困惑した表情で僕を見る。すんなりと承諾してくれない事情とは一体何なのだろうかと僕は疑問に思ってしまった。

「どういうことですか……？　何か僕らに問題でも？」

「いえ……、別にあなたたちに問題はないのだけど……」

「それじゃあどうして困ったことになっているんですか」

先生はおもむろに何か書類を取り出した。それは、未完成フェスティバルの応募要項が書かれたウェブページを印刷したものだった。

「あのね芝草くん、実はこのコンテストなんだけど、この要項には『応募は各校一組まで』って書いてあるのよ」

「それってもしかして、僕ら以外にも応募したい人がいるから困っているってことですか?」

そう僕が訊《き》くと、先生の顔からは困惑した表情が消えていく。まさにその通りのようだ。

「ええ、そういうことなの」

なんということだ。せっかくいいコンテストを見つけたのに、そんな制約があったなんて。

「ちなみに、僕らの他に応募したいって言っていたのは誰ですか?」

「えーっと、確か……、一年の岩本《いわもと》君だったわ」

先客というのはまさかの陽介だった。思いもしない名前が出てきたことで、僕は驚いてしまう。なんせ一周目での陽介はこのコンテストにさほど興味を示さなかったからだ。コンテストよりもライブ活動をたくさん行って地力をつけていくほうが大切、というのが彼のスタンスで、当時の僕もそれに概《おおむ》ね同意していた。

二週目になり僕が彼のバンドに加入しなかったことで、バンド内のパワーバランスが変わってしまったのだろう。その結果、陽介以外のメンバー――小笠原《おがさわら》か井出《いで》のどちらか、もしくはその両名がコンテストへの参加を強く推し、彼を焚《た》き付《つ》けたのだ。それでこのことには説明がつく。

しかしそれはそれで厄介だ。コンテストの応募は各校一組までという文言が規約にある以上、僕らと陽介たちで折り合いをつけなければならない。

「でもお互い一年生で良かったわね。まだ正式に承諾はしていないから、二人でよく話し合ってちょうだい。それで話がまとまったら、また私のところに来て」

先生は簡単にそんなことを言う。彼女は知らないと思うが、陽介との話し合いがうまくいくなんてことは無理に等しい。彼は結構我が強いのだ。これは、戦いの予感がする……。

※　※　※

「は？　『未完成フェスティバル』の参加権をよこせだって？」

「そ、そうは言ってないだろ……。とにかく、よく話し合えと金村先生が言うんだ」

軽音楽部の週一で開催されるミーティングの日。僕は思い切って陽介に未完成フェスティバルの参加について話を切り出した。

もちろん、陽介から返ってきたのは静かな怒りのメッセージだ。我が強い彼のことなので、これ以上建設的な対話ができるかと言われると答えは否だろう。

「そもそも俺たちが先に応募しようと先生に許可を貰《もら》いに行ったんだ。普通に考えて早い者勝ちだろ？　遅れてやって来たお前らがそんなこと言う資格ないだろ」

「だ、だからまだ正式に承諾されていないらしくてね……」

「そんなのお前らが取り下げれば済む話じゃないか。こっちにはそんなことしてやる義理はないんだよ」

当たり前といえば当たり前だ。遅れてやって来たのは僕らだから、僕らが取り下げろと言われればそうするべきなのだろう。

でもこっちだってなんとしても未完成フェスティバルには出たい。

理沙が今後バンドを続けられるかどうかがかかっているし、おまけに時雨だって珍しく我を出しているくらいなのだ、できることならあの舞台に彼女たちを立たせてやりたいと僕は思う。

話し合いは平行線でお互いの折り合いはつきそうにない。

僕の持ち前のしつこさを活《い》かしても、陽介から撤退の意思を引き出すのはちょっと難しいと思われた。

「どうしたんだい一年坊主、なんの揉《も》め事《ごと》？」

ジリ貧耐久戦の様相を見せていた交渉に、割って入ってきた一人の女子生徒。この軽音楽部の部長を勤める、三年の関根《せきね》薫《かおる》先輩だ。

髪は黒髪ロングで、それをシンプルにポニーテールで纏《まと》め上《あ》げている。一周目のときは、美人で姉御肌のいい先輩だったなという印象がある。

薫先輩は髪を下ろしたほうが美人だと言う声を当時はよく耳にしたが、彼女はそれをしない。なぜなら、薫先輩は超がつくほどのヘビーメタラーで、この部で一番激しいドラムを奏でるプレイヤーだからだ。髪の毛は束ねておかないと大変なことになる。

ちなみに、十年後はこの学校に戻ってきて音楽の先生をやっている。そのメタル好きが高じて、夜な夜な音楽室からはＸ JAPANの『Silent Jealousy』のイントロが聴こえてくるという七不思議まで生み出したとかなんとか。

そんな彼女でもさすがに物々しく見えたのだろうか、僕らをヒアリングして揉め事の仲裁に入る。こういう面倒見の良さは尊敬に値する。

「……なるほどね。一枠しかないコンテストの出場権を巡って争っているわけかい」

「そうなんですよ、芝草のヤツが手を引けばこんな話すぐ終わりなのに、しつこいんですよね」

薫先輩は陽介にそう言われると、今度は僕のほうをちらっと見てフフッと笑う。学年も離れているので一周目の時はほとんど喋《しゃべ》ったことなどなかったけど、どうしてかこの瞬間、薫先輩がなにかとてつもないことを考えているように見えた。そうしてやっぱり、彼女は予想の斜め上の提案をしてくる。

「じゃあ直接対決したらいい。出場権を争ってライブバトルだ。それで観客に投票してもらって多いほうが勝ち。出場権ゲット。どう？　シンプルでいいんじゃない？」

「ら……、ライブバトルですか……？」」

珍しく僕と陽介のセリフがかぶった。今の今までいがみ合っていたので、少しバツが悪い。

「そう！　我が校の代表として参加するわけだし、白黒はっきりつけたらお互い納得するでしょ？」

「それは確かにわかりやすいですね。でも、準備とか大変じゃないですか？」

僕は薫先輩の提案に概ね賛成だ。しかし、こういうのは会場の確保や準備、告知など大変な労力がかかる。

「まあ、そのへんの段取りは私に任せておいてよ。こう見えて伊達《だて》に部長やってないんだから」

薫先輩はノリノリだ。そういえば文化祭や定期演奏会のときもこんな感じで企画段階からテンションが高かった。おそらくこの人は、お祭り騒ぎが好きなのだろう。

「……仕方ないな、不本意だけどそれでケリをつけてやろうじゃないか」

さすがに部長の提案ともなると、陽介も乗らざるを得ない。僕としては願ったり叶《かな》ったり。陽介と千日手のような交渉をするより、ライブをやって決着をつけるほうが百倍マシだ。それに、うまくいけばこの三人で演奏している姿を理沙の父親に見せつけるいい機会になるかもしれない。良いこと尽くめだ。

「それじゃあライブは二週間後の金曜日。体育館はおそらく他の部活が使っているだろうから、場所は武道場でどうかな」

「異議なし」「大丈夫です」

「あとは演奏する曲のレギュレーションだけど……」

コンテストの参加権を争うわけだから、コンテストへの応募曲を演奏するのは当然だ。

でもその一曲だけではこのお祭り騒ぎ大好き部長が納得するわけがない。

「オリジナル曲と、それに加えてコピー曲も一曲演奏するのはどうかな？　それなら他の生徒にもウケが良くなるだろうし」

「コピー曲ですか……」

僕は少し尻込みする。そういえばバンドを組んでから、コピー曲らしきものを演奏したことはない。──ラモーンズごっこはやったけど。

「俺は賛成。ちょうど演ってみたい曲もあるし」

陽介は意気揚々としていた。ここまでの譲歩を引き出せたのだ、これくらいの条件は飲むしかない。

「……わかりました、そのレギュレーションでやりましょう」

これから二週間でオリジナル曲だけでなく、コピー曲の完成度も上げなければいけない。そうなると、時間的にはギリギリだろう。でもやるしかない。これにはこのバンドの未来、そして僕らの青春がかかっている。

「よーし、じゃあそういうことで。二週間後の金曜日、楽しみにしているよ」

踵《きびす》を返す薫先輩の長い髪が、気持ちいつもより踊っているように見えた。

※　※　※

いつものマクドナルドの二階席。恒例のバンドミーティングが始まっていた。

「——と、いうわけなんだ」

「まあいいんじゃないか？　どうせあの岩本ってやつと交渉したって日が暮れるだけだったろうし。それに、ライブをやるなら父さんに見せつけるいいチャンスじゃん」

「私もそれでいいと思う」

この間決まった事の内容を二人へ説明すると、案外あっさりと納得してくれた。そうと決まればあとは練習あるのみ。オリジナル曲は『時雨』をブラッシュアップするとして、あとはコピー曲を決める必要がある。

「コピー曲か……、私は特にこだわりはないけれど、時雨が歌うのならラモーンズじゃまずいよなあ」

「そ、それはそれで見てみたい気もするけど、また別の機会かな……」

ベースの腕前には定評のある理沙ならば、多少の無理を言ってもなんやかんやで対応してくれるだろう。けど、やっぱり彼女はパンクロックが演りたいらしい。それも理沙のことだ、いざラモーンズのコピーでもやろうものなら、衣装までばっちり決め込むだろう。

革ジャン、スキニージーンズ、サングラスのラモーンズらしいニューヨークパンクスタイルな時雨を想像したら、ちょっと吹き出しそうになってしまった。一度でいいから実物を拝んでみたい。

「私は、やっぱりガールズバンドのコピーをしたほうがいいと思う。男の人の歌だと、キーを変えたりアレンジを変えたり、それだけで大変」

「確かに時雨の言うとおりだね。実際のところあまり練習時間に余裕もないし、バンドスコアそのままコピーできるほうがありがたいよね」

勝負は二週間後。時間が限られている以上、余計な手間はできるだけ省きたい。そうなればコピー曲は早めに決めておいて、とにかくひたすら練習するのが正攻法だろう。

そこで、僕はおもむろにこんなことを提案する。

「じゃあこれから僕んちに来なよ。バンドスコアなら結構たくさん持っているから、その中から探そう」

すると、その言葉を聞いた二人は目を見開いて僕のほうを見る。

「……あれ？　僕なにか変なことを言った……？」

「い、いや、融ってそうやってしれっと自分の部屋に女子連れ込むんだなって……」

「うん」

「いやいやいやいやいや！　それはちょっと誤解だよ！　というか、バンドメンバーで集まるくらいしれっとやらせてくれよ！」

何かあらぬ誤解をされているけどそういう意図は全くない。

僕が時雨の部屋に行くのもなんだし、ましてや県議会議員のお宅、もとい理沙の家に行くのもはばかられる。それならここから距離も近いから、僕の家でコピー曲探しをするのが一番良い。ただそれだけ。他意はない。断じて。


「おー、やっぱり予想通り融の部屋って感じだな」

人気バンドのポスターが貼られている壁と、漫画や小説、バンドスコアやCD、音楽雑誌が整理されていたりされていなかったりする棚や机を見て、理沙は率直な感想を述べた。

「予想通りって……、そんなに僕の部屋は僕っぽかった？」

「そうだな、趣味全開なところとか、片付けが行き届いてないところとか」

「ご、ごめんよ……、もうすこし片付けるようにするから」

普段からきちんと片付けができる人が羨ましい。整理、整頓、清掃、清潔は全ての基本だと言うから、今後はもうちょっと意識しなければ。人を呼ぶならなおさらだ。

「……時雨？　そんなに棚をぼーっと見てどうしたんだ？」

部屋全体を見回す理沙とは違い、時雨は僕の部屋に足を踏み入れるなり、CDの並んでいる棚をずっと眺めている。

ちなみに家に入った時も飼犬のペロとずっとにらめっこしていた。時雨の家では犬を飼えないようなので、飼い犬に対する憧れがあるらしい。どうやら時雨には、興味があるものをずっと眺めてしまう癖みたいなのがあるのだろう。

「……ええっと、聴いてみたいものがいっぱいあるなって」

「良かったら借りてってもいいよ」

「ほんと？　いいの？」

「もちろんだよ。ただし、コピー曲を先に決めてからね」

時雨は嬉《うれ》しそうにコクリと首を縦に振った。僕はその小動物的な反応にちょっとドキドキしてしまう。

僕の音楽の趣味に興味があると言われると、何かこう嬉しいような恥ずかしいような不思議な気持ちになる。でもこうやって時雨と共有できるものが増えるのであれば、それは喜ばしいことだ。

「……さて、改めて本題に入るわけだけど」

僕は再度バンドミーティングを始めようと、二人を集めて咳払《せきばら》いをした。すると、議論をする間もなく理沙がこんなことを言い始める。

「それならさっき、あのバンドスコアの積まれた山から良さげなのを見つけたぞ」

理沙が取り出したのは一冊のバンドスコアだ。青地に黒で女性メンバー三人の顔が描かれている特徴的なジャケット。このバンドのアルバムは、僕も爆音で何度も聴いた。

まったく、理沙ったらいつの間に見つけ出したのだろう。

「ガールズバンド、それに三人で演奏できてみんなが知ってそうなのって、もうこれしかないと思ってさ」

理沙はそのバンドスコアの中から、キラーチューンとも言えるとある曲のページを開いた。それを見て僕は納得する。

「確かに曲もキャッチーだからいいかもね。時雨はどう？」

「うん、それでいい」

時雨も異議はないらしい。長引くかなと思っていた議論は、意外とあっさり決まってしまった。僕の部屋でミーティングをしたのが結果的に功を奏したのかもしれない。

第十一章　ストレンジ・カメレオン

　やることが決まってからはとにかくストイックに練習するのみ。部室が使えない日は屋上で練習、週末にはスタジオも予約して文字通りバンド漬けの二週間になる。

　時雨《しぐれ》も理沙《りさ》もいい感じに気乗りしていて、出音にもそれが乗り移っているような気さえする。この調子でいけば間違いなく陽介《ようすけ》たちに勝てる。そんな自信が満ちてきていた。

「そろそろいい時間だし、今日はこの辺にしておこうか」

「そうだな、大分いい感じなって来たし、この勢いでライブもブチかましたいところだ」

「うん」

　金曜日の夕方、部室で練習をしていた僕らは、改めて調子の良さを噛《か》みしめる。バンドの仕上がりは良好だ。このまま何事もないまま来週のライブを迎えられればいい。

　学校の玄関を出ると、門の前には見たことのある黒い車が止まっていた。

　片岡《かたおか》家のお迎えだ。父親から猶予期間を貰ったということで、帰宅後の理沙はきちんと父の手伝いをしているらしい。ちなみに今日の運転手は片岡議員ではなく後援会の人だった。さすが県議会議員ともあってものすごいバックアップ体制だ。

「じゃあ私は迎えが来たみたいだからそろそろ行くとするよ。えっと、週末は今村楽器《いまむらがっき》のスタジオで良いんだよな？」

「うん、十時に現地集合で頼むよ」

「了解。それじゃあまた」

理沙は乗り込んで手を振ると、車はあっという間に見えなくなった。高級車の加速力はやっぱりちょっと違う。

時雨と二人きりになった。暗くなってしまったので一緒に帰ることにした。

ふと気がついたけど、こうやって時雨と一緒に帰るのは実は初めてな気がする。いつも集まっているマクドナルドは僕と時雨の家の中間にあるから、なかなかそんな機会がなかったというのもある。こんな近距離に自分の推しがいるというのも、なかなか不思議な気持ちだ。

「……あっ、そうだ。これ、この間借りたCD。ありがとう」

時雨は持っていたトートバッグごと僕に差し出す。中身は先日時雨が僕の部屋でじーっと眺めていたCDたちだ。興味津々だったとはいえ、十五枚くらいいっぺんに借りていったのにはびっくりした。

「ありがとう。どうだった？」

「うん、凄《すご》く良かった。特に the pillows がお気に入り」

「なかなか時雨も良い趣味をしているね。僕も昔組んでいたバンドは――」

「……昔組んでいたバンド？」

「えっ、あ、いや、なんでもない。なんでもないよ」

危うく口が滑るところだった。僕が一周目で組んでいたバンド、『ストレンジ・カメレオン』は the pillows の曲名から取ったものだ。バンド名にこだわりがなかった陽介が僕に命名権を与えたのでそうなった。それを思わず口走りそうになってしまって、僕はかなり不自然に慌ててしまう。

「……怪しい」

時雨はジト目で僕を見つめる。僕自身が慌ててさえいなければ、この可愛《かわい》らしさを堪能できただけにそれがちょっと悔しい。

「い、いや、昔、the pillows の『ストレンジ・カメレオン』をそのままバンド名にしようかななんて思ったことがあるだけだよ。ハハハ……」

一応嘘《うそ》はついていない。しかし、とっても不自然な切り返しである。

すると時雨の表情は、ジト目から何かを見つけ出したようなハッとしたものに変わる。その瞳は、いつもより透明感を増していたと思う。

「……それ、凄くいいと思う」

「凄くいいって、バンド名のこと？」

「うん。……その曲、私も好きだから」

そういえば時雨に貸したCDの中に、『ストレンジ・カメレオン』が収録された『Please Mr. Lostman』のアルバムが入っていた。

「なんかね、自分みたいなんだ。その曲」

歌詞を聴くとわかる。この曲は、出来損ないの自分が感じている疎外感みたいなものが、とてもシリアスに、どこか優しく纏《まと》め上《あ》げられている。

時雨は、そんな歌に自分を重ねたのだろう。

「……ねえ融《とおる》、バンドの名前、『ストレンジ・カメレオン』にしてもいいかな？」

「そ、それは構わないけど……」

僕は一瞬戸惑った。一周目で組んでいたバンドの名前を、この二周目でも名乗ることになるとは思っていなかったから。

でもその戸惑いはすぐに消えた。どうせやり直すなら、同じ名前のバンドで突き進むくらいのほうがいい。それでやっと、本当の『青春のやり直し』ができるような気がしたから。

「理沙には私から言っておくから、お願い」

「わかったよ。他でもない時雨の頼みだし、それに、そう言われちゃったらもう別のバンド名思いつかないし」

僕はクシャッとした表情で笑った。つられて時雨も、やんわりと笑顔を浮かべる。

「……ありがとう」

「何言ってんの、こちらこそありがとうだよ。時雨がいなかったら、そもそもこのバンドはないんだから」

「……ふふっ、融はたまに変なことを言うね」

「そ、そんなに僕、変なことを言ったかな？」

時雨は何も言わずもう少し笑顔を強めて、僕の前のほうを歩き始めた。

この時間がずっと続いてくれたらいいなと、僕は思っていた。


そうこうしているうちに時雨の住むマンションまでたどり着いた。平和に帰宅できて一安心だ。ここで僕はお役御免。

「じゃあまた、今村楽器のスタジオでね」

「うん、またね」

僕は時雨の姿を見送り、鼻歌で『ストレンジ・カメレオン』を奏でながら自宅へ帰った。

※　※　※

週明け、時雨の提案でバンド名を『ストレンジ・カメレオン』とすることが決まった。

金曜日に迫るライブバトルに向けて、より一層身が引き締まる思いだ。

薫《かおる》先輩の手腕のおかげなのか、校内でも金曜日にライブイベントが行われるということが徐々に知れ渡っていた。

　ただでさえ中高生の圧倒的な支持を得ているラジオ番組主催の音楽コンテストだ。校内代表のバンドを自分たちの投票によって決めることになるなら、生徒みんなが盛り上がるのもうなずける。

　教室に行くと、早速野口《のぐち》に話しかけられた。

「おい芝草《しばくさ》、週末のライブに出るってマジ？」

　昼休み、僕は屋上へ向かおうとしたところで野口に話しかけられた。

「ああ、そうなんだよ。応援よろしく頼むよ」

「おう、任せとけよ。ちなみにそのライブって撮影はできるのか？」

「オッケーだよ。普通のライブハウスだとダメだけど、今回は学校だし。野口、写真でも撮るの？」

　僕がそう問うと、野口はなぜか端切れ悪く続ける。

「ま、まあ、俺じゃないんだけど、撮りたいって奴《やつ》がね……」

　僕はその反応にピンと来た。

　おそらく野口のやつ、彼女ができたのだろう。一周目のときに彼女ができたときもこんな感じでぎこちなかったのをよく覚えている。

　野口の所属する科学部は、写真現像用の暗室を写真部と一部共有している。そこで上手《うま》いこと写真部の女子にアタックを仕掛けたのだろう。それならばライブを撮影したがる彼女がいてもおかしくない。

「じゃんじゃん撮ってくれて構わないよ。カッコよく撮ってくれって、彼女に言っておいてくれ」

「なっ……、お前、なんでそれを……」

僕がカマをかけてそう言うと、野口はわかりやすく動揺する。図星だ。

「バレバレなんだよ。最近の野口、幸せそうだしな」

「うっ……」

野口はバツが悪そうに僕から目を逸した。

多分そろそろその彼女がこの教室にやって来るだろうから、お邪魔にならないうちに僕は屋上に向かうとしよう。


屋上に向かう途中、校内の掲示板には薫先輩が作ったと見られるライブの告知フライヤーが至るところに貼られていた。

そこには僕らのバンド名『ストレンジ・カメレオン』と、陽介たちのバンド名『ミスターアンディーズ』が大きく書かれていて、対決の煽《あお》り文句《もんく》なんかが添えられている。

とても目を惹《ひ》くデザインで、こういうのを作らせると薫先輩は天才的だ。そのおかげもあって、次々に興味を持った生徒がそれを眺めている。

ただ興味を持ってくれるだけならば良い。しかし悲しいことに、どこからか心ない声も僕の耳には聞こえてきてしまう。

「……これって、奈良原《ならはら》のバンドじゃん」

「本当だ……。あいつ、まだ音楽やってたんだ」

「なになに？　その奈良原って子、何かあるの？」

「えっと、実は中学の頃――」

僕は嫌な予感がした

時雨は僕らにこそ心を開けるようになったけど、その原因を作った中学の同級生とのトラウマを克服できたわけではない。

大々的にライブの告知が打たれた今、時雨の耳にも今みたいな会話が入っている可能性は高い。中学時代の時雨の悪評を鵜《う》呑《の》みにした奴らによって、他の生徒まで巻きこんで噂《うわさ》が広まれば、時雨はまた心を閉ざしてしまうかもしれない。

そうなればライブで勝敗がつく以前に、歌うことすらままならないだろう。

僕は一目散に屋上へ走った。時雨をあの中に晒《さら》すことだけは、一秒たりとも避けたかった。

「……時雨っ⁉」

「よお融、どうしたんだ？　そんなに慌てて」

屋上にいたのは理沙だけだった。時雨の姿はここにはない。

「理沙、時雨を見なかったか？」

「ああ、時雨なら二限の体育で一緒だったけど、体調悪いからって保健室に行ったきりだ。よくある貧血だから大丈夫って言ってたけど……」

「わかった、ありがとう！」

「あっ、おい、ちょっと待て！　どこ行くんだよ！」

僕は理沙の制止を振り切って階段を駆け下りる。行く先はもちろん保健室だ。

保健室に着いて、養護教諭の先生に時雨について尋ねると、顔色が良くなかったので今日は早退させたとのこと。

……一歩遅かったかもしれない。時雨の過去を知っていたからこそ、もう少し早く気が付くべきだったと、僕は下唇を噛んだ。

「……そうか、そういう過去が時雨にはあったんだな」

「ああ、だからライブで歌うのはもしかしたら難しいかもしれない……」

屋上に戻ってきた僕は、理沙に事情を打ち明けた。理沙は苦そうな表情でその話を聞く。彼女なりに、痛ましいなと思うところがあるのだろう。

「道理であんな凄い歌を歌うくせに、表に出てこないわけだ」

「そうなんだよ。時雨は凄すぎるがゆえに、他人から疎まれてしまった」

出る杭《くい》は打たれるとは言う。でも、出すぎた杭は打たれない。

時雨が出すぎた杭になるためには、もしかしたら時期尚早だったのかもしれない。

「まあ、嫉妬する奴なんて放っておけばいいんだけどな。時雨はセンシティブだから、どうしても気になってしまうんだろう」

「うん……、だからそれに早く気が付かなかったのが悔しい」

僕は飲み干したコーヒーの缶を強く握る。順風満帆なつもりでいた自分を、自分の拳で殴りたくなった。

「なーにもう終わったみたいな顔しているんだよ、融。違うだろ？　今回の時雨は独りじゃない。私たちがいる」

「理沙……」

「とにかく、すぐに時雨のところに行こう。融、家の場所知ってるだろ？」

理沙は時雨を救う気だ。いや、もちろん僕もそのつもりだけど、理沙のおかげで目が覚めた。今の僕らは、独りじゃない。

さあ行くぞと足を踏み出した瞬間、屋上の入り口の重たい防火ドアがゆっくりと開いた。

開かれたドアの先には、石本《いしもと》さんがいた。

「石本さん？　どうしてここに」

「……あのね、私から芝草くんに謝らなきゃいけないことがあって、それでここに来たの」

「謝らなきゃいけないこと？」

石本さんは神妙な面持ちで、おまけにのどを絞るような苦しい声でつぶやく。

「ごめんなさい、私のせいでしぐちゃんが……」

「石本さん？　もしかして時雨についてなにか知っているの？」

「……言い返せなかった。また、しぐちゃんを傷つけちゃった」

石本さんはうつむきながら小さくそうこぼした。

「石本さん、落ち着いてくれ。とにかく、何があったのか教えてよ」

半べそをかいていた石本さんを落ち着かせて、僕と理沙は事情を聞く。

「ライブのフライヤーを見ていたらね、偶然しぐちゃんに会ったんだ」

「確か、中学のあのとき以来、時雨とは全く交友がなかったんだっけ」

「そう。久しぶりに対面したものだからびっくりしちゃった。でも、ちょっとだけ会話ができて嬉《うれ》しかったんだ」

時雨と石本さんは久しぶりに話をしたらしい。離れ離れになっていたとはいえ、元々仲が悪いわけではないようで、近況のことで少しばかり雑談をしたとのこと。

「そこまでは良かったんだ。でも、話しているうちにあの人たちがフライヤーの前に集まってきてね」

「あの人たちっていうのは、もしかして中学時代の……」

「そう、しぐちゃんの悪評を振りまいた人たち。相も変わらず、あの人たちはしぐちゃんのことをバカにしてきたんだ」

石本さんはぐっと拳を握って悔しさをあらわにした。

そのときの石本さんは、彼らの心ない言葉に腹が立っていた。全部事実無根の嘘で、時雨は全く悪いことなんてしていないと、大声を出して言い返そうとした。

しかし、石本さんが声を上げようとした瞬間、時雨に止められたのだ。

「言い返そうとしたらね、しぐちゃんが私の制服の袖を引っ張ったんだ。振り向いたらうつむいたまま首を横に振って、何も言わないでって、無言の合図を送ってきた」

「それで、どうなったのさ」

「私もしぐちゃんもずっと黙って我慢してた。あの子のことだから、私が言い返してしまったら、そのあとに報復されるんじゃないかって考えたんだと思う」

僕はそれを聞いて、なんて言ったらいいのかわからなくなった。

時雨はきっと石本さんを守ろうとした。石本さんも同じく時雨を守ろうとしていた。でも、石本さんが時雨の制止を振り切って彼らに言い返していれば、全て正しい方向に進んだかといえばそうではない。おそらく時雨は、石本さんが言い返してしまえば二人とも苦しむ未来になってしまうだろうと想像したのだと思う。

それならば苦しむのは自分だけでいいからここは我慢すべき。そう時雨は考えたのだ。

「しぐちゃんを振り切って反論すればよかった……。また私のせいで、しぐちゃんを傷つけちゃったんだ……。芝草くんたちにも、申し訳ないことをした……」

「……謝るのはやめようよ、石本さん。まだそれが正解だったのか、間違いだったのか決着がついたわけじゃない。気持ちの精算をするのは、時期尚早だよ」

「でもこのままじゃ、しぐちゃんがライブで歌えるかどうか……」

僕の頭には一瞬、週末のライブを辞退して一旦落ち着くのを待とうという選択肢が頭をよぎった。でもそれはすぐに却下した。仮にこのままライブを辞退したとして、時雨の過去の傷がさらにえぐられることは確かにないかもしれない。でも、その傷は残ったまま、確実に膿《う》んでいく。心の内側までそれが進行していけば、今度こそ時雨は再起不能になるかもしれない。

やっぱり手を打つべきは今だ。

「大丈夫。きっと時雨を立ち直らせて、必ずステージに立たせるから。そして今度こそ、時雨はすごいんだよってことをみんなに知らしめるから」

半分は石本さんへの決意表明のように、もう半分は自分に言い聞かせて鼓舞するような言葉だった。

「だからちょっと今から時雨のところへ行ってくるよ。ここは僕らに任せてほしい」

「芝草くん……」

「もちろん、あとで石本さんに手伝ってもらうこともあると思うから、そのときはよろしく頼むよ」

石本さんにそう言い残して、僕と理沙は全速力で時雨の家へ向かった。

第十二章　フラッシュバック

Band wo Kubi ni sareta boku to OSHI JK no Seishun Rewrite

最近バンドが楽しい。

今までずっと一人で音楽をやって来たこともあって、融《とおる》や理沙《りさ》と一緒に音を出せることが嬉《うれ》しくて仕方がない。ずっとこのまま、このバンドが続いていけばいいと、そう思っていた。

とある日、事件は起きた。

いよいよ『未完成フェスティバル』の参加権を争うライブの告知が全校中に行なわれたのだ。部長の関根《せきね》先輩はかなり念入りに準備をしているらしく、大々的に宣伝がされている。フライヤーには私たちのバンド『ストレンジ・カメレオン』と、岩本《いわもと》くんたちのバンド『ミスターアンディーズ』の対決の煽《あお》り文句《もんく》が書かれていた。

とても目につくデザインであるので、生徒は皆興味津々。これほど関心が高いと、相当数のお客さんが来るのだろう。

ふと私は、休み時間に掲示板に貼られているフライヤーを見に行こうとした。すると、掲示板の前には見覚えのある一人の女子生徒がフライヤーを眺めていた。

「み、美緒《みお》ちゃん……」

「しぐちゃん……」

その女子生徒は私の中学の同級生である石本《いしもと》美緒だった。同じ高校に進学したのは知っていたけれど、あの事件から疎遠になっていたせいで、彼女と会話を交わすのはとても久しぶりだ。

「しぐちゃん、週末のライブに出るんだね。ついに組めたんだ、念願のバンド」

「う、うん。本当は美緒ちゃんと組めたら嬉しかったんだけど……」

「いいのいいの、私はそんなにドラム上手《うま》くないから戦力になれないよ。それに、今はただの放送部だし」

「そ、そうなんだ。美緒ちゃん、放送部に入ったんだね」

美緒ちゃんとは話をすることすら難しいかなと思っていたけれど、意外とそんなことはなかった。昔と変わらない感じで話せることが嬉しくて、私も少しだけ表情が緩んでいたと思う。

「週末のライブ、観《み》に行くから頑張ってね」

「う、うん。頑張る」

こんな風に美緒ちゃんと再び会話ができるようになったのも、融や理沙とバンドを組んで自信がついたからだろうか。期待してくれる彼女のためにも、頑張らなくてはなと私は気を引き締めた。

しかし、気乗りし始めていたそんな私をどん底に落とすかのように、心ない言葉が周囲から飛んでくる。

「えっ、奈良原《ならはら》、バンドやってるの？　やばっ、よくメンバー集まったよね」

「マジ？　懲りなすぎじゃない？　高校生になってもライブやりたがるとかどんだけ自己顕示欲強いのさ。ウケる」

いつの間にか掲示板の前には私と美緒ちゃん以外の人が集まっていた。それも、私の中学時代のトラウマを作った原因であるあの人たちが目の前にいたのだ。あの人たちは、わざとらしく少し大きな声で会話を続ける。

「どうせろくなメンバーじゃないんでしょ。噂《うわさ》だけど、一人は退学スレスレのヤンキーらしいよ？」

「ハハハ、さすがだわ。未《いま》だにロックは不良がやるものって思ってるんじゃない？」

「かもね。おまけにライブの対戦相手、岩本陽介《ようすけ》とか無理ゲーでしょ」

「あー知ってる、めっちゃイケメンで歌上手くて動画とか投稿してる人でしょ？　もうやる前から勝負決まってるじゃん」

明らかに私へ向けた悪意のある言葉だった。悲しいことに、そんな心ない言葉は無情にも周囲へと伝播《でんぱ》していってしまう。

「なになに？　その奈良原って子、何かヤバい系の子なの？」

「そうなんだよねー、実は中学の頃――」

掲示板の周りがガヤガヤと騒がしくなり始める。

私の頭の中ではフラッシュバックのように当時の記憶が蘇《よみがえ》ってきた。

辛かった日々というのは、何故《なぜ》か鮮明に思い出されてしまうものだ。私は徐々に胸が苦しくなってきて、涙が出そうだった。

私のその様子を見ていた美緒ちゃんが何かを言いたそうにしていた。優しい美緒ちゃんのことだから、ここにいるみんなに大きな声で反論するかもしれない。でも、そんなことをしたら、今度は矛先が美緒ちゃんに向いてしまう。

そんなのダメだ、美緒ちゃんを止めなきゃ。苦しい思いをするのは、私だけでいい。

とっさの言葉が出せなかった私は、夢中で美緒ちゃんの制服の袖を摑《つか》んだ。

「し、しぐちゃん……？」

何も言わず私は首を横に振り続けた。美緒ちゃんも私の意図をわかってくれたようで、何も言わずに黙っていた。このまま我慢していれば誰にも迷惑をかけなくていい。私さえ耐え凌《しの》げば、あとはなんとでもなる。まるで嵐が通り過ぎるのを待つかのように、ずっと沈黙を貫いた。

しばらくして人だかりはまばらになった。なんとか凌ぎきったものの、精根尽き果てた私は、逃げるように美緒ちゃんの前から姿を消した。

あることないこと好き放題言われた私の心の中はぐちゃぐちゃだった。ドロドロにうごめく自分の感情をなんとか抑えて、我慢して、ただ時間とともにその波が消えていくのを待った。でもそんなに長くは耐えられず、二限の体育の最中にダウンしてしまった。

その後はもう、何も考えられなかった。気がついたらあのときと同じように、自分の部屋に閉じこもってしまっていた。

ごめんなさい美緒ちゃん、融、理沙。私はやっぱり、一人でいるべき存在なのだと思います。

第十三章　リトルブレイバー

時雨《しぐれ》の住むマンションの入り口にたどり着いた僕と理沙《りさ》は、オートロックの自動ドア前にあるインターホンで彼女を呼び出した。

「はい、奈良原《ならはら》です」

呼び出しに答えたのは時雨の母だろう。随分とおっとりした声だ。

「あ、あの……、時雨さんはいらっしゃいますか？」

「ああ、もしかして時雨のバンドの……。ちょっと待ってくださいね」

僕が話すと、時雨の母は何も言わずオートロックを解除して自動ドアが開いた。

よほど僕らだと確信があったのか、それとも単に不用心なのかはわからないが、余計な手間がかからなかったのはありがたい。

四階へ上がって奈良原家の呼び鈴を押すと、先程の声の主である時雨の母が現れた。

「こ、こんにちは初めまして、僕ら時雨さんとバンドをやっている芝草《しばくさ》と、こっちは片岡《かたおか》です」

慣れない場面に僕は緊張しながら自己紹介をする。幸いにも、時雨の母親は僕らを怪しんだり疎ましく思ったりしているということはなさそうだった。見た目通り、物腰の柔らかい優しいお母さんなのだろう。

「わざわざ時雨のお見舞いに来ていただいてありがとうございます」

「いえ、僕らも彼女が心配でやって来たので。……それで、時雨はどんな様子ですか？」

「ちょっと体調が優れないからって早退してきたみたいなのだけれど、どちらかというと身体より気分が落ち込んでいるように見えました。なにか、嫌なことでもあったのかなと」

時雨の母はそう言う。生まれたときからずっと時雨のことを見てきただけあって、その推察はほぼ正解だ。でも、詳しいことを知らないあたり、時雨は何も母親へ言っていないのだろう。苦しさのあまり、うまく気持ちを言葉にできなかったのかもしれない。トラウマが蘇《よみがえ》って来るというのはそれくらい辛いものだ。

僕らは時雨の母親に部屋の前まで案内された。一つ息を吸い込んで、僕はドアをコンコンとノックする。

「……時雨？　入ってもいいかい？」

返事はなかった。カギはかかっていなかったので、僕はそのままドアノブを回して扉を開ける。部屋の中には、片隅で三角座りをした時雨がいた。

「……時雨」

すぐに僕らは時雨に近づいた。僕の見間違いでなければ、何かに怯《おび》えるように小さく震えていたと思う。

「融《とおる》……、理沙……。ごめんなさい……、私やっぱり、歌えそうにない……」

普段から小さめの声で話す時雨だけど、その小さな声をさらに絞り出すような窮屈な声。その綺麗《きれい》な透明感のある瞳からは、大粒の涙が流れている。大きな恐怖に彼女は包まれていた。

「……よく頑張って堪えたね。ごめんよ、来るのが遅くなって」

僕は時雨の隣に座って彼女の右手をとる。理沙はその反対側に座って、時雨に寄り添った。

「ごめん……、なさい……。バンド、あんなに楽しかったのに、昔の事を思い出しちゃって……、怖くて……、耐えきれなくて……」

「……大丈夫、それは時雨のせいじゃないよ」

過去のことが自分のせいでないことは、多分時雨も理解し始めている。しかし頭ではわかっていても、やはりトラウマというのはそう簡単に心から抜けていくものではない。

過去にとらわれ続けていること、そしてそれが皆を傷つけてしまうのではないかということが足かせになっている。そう思うことで余計に時雨は自分自身を苦しめていた。

「ごめんなさい……、私が弱いせいで……。みんなの足を引っ張って……」

「時雨、それは違うよ。弱いのは君だけじゃなく、僕らみんな弱いんだ」

時雨は少し顔を上げた。僕の口からそんな事を言われるなんて思っていなかったのだろうか、ちょっと虚を突かれたようなそんな表情だ。

「僕らは各々一人じゃどうしようもないくらい弱い。だからこうやって三人になったんだよ。理沙だって僕だって同じだ。君だけじゃない」

「そうだな、私もそう思う。融だけでも時雨だけでもダメなんだ。この三人だから、今はまともに立ち上がれる。時雨が一人だけ弱いなんてことは、ない」

　理沙も僕の意図を理解していた。

　誰を欠いてもこのバンドは成立しない。トラウマに苛《さいな》まれて、それを自分だけで背負う必要はない。僕は時雨にそう伝えたかった。

　一人では潰されてしまいそうな恐怖でも、三人なら大丈夫。毛利元就《もうりもとなり》の『三本の矢』の話じゃないけど、苦しみくらいシェアさせてくれたっていい。

　しばらく沈黙しているうちに時雨の震えが収まった。

「……ありがとう。ちょっと楽になった」

「良かった、前みたいに時雨が頑固だったらどうしようかと思ってた」

　僕はそう冗談を言うと、時雨は少しムッとして軽く拳を僕の肩にぶつけてきた。

「……でも、まだちょっと学校には行きたくない。やっぱりあの空気は怖い」

　時雨は少し立ち直ったけど、確かに根本的なトラウマの原因は消えていない。このまままた明日学校に出たら、今日と同じように耐えられなくなってしまうだろう。

　そのトラウマを克服するには、やっぱり週末のライブを成功させるのが一番だと僕は思う。

大勢の前で歌うことで、今度こそ自分の歌が素晴らしいものなのだと体感する。力業でショック療法みたいだけど、これが一番効果的だろう。

今日は月曜日。金曜日は最悪遅刻して学校に行くとして、それまでの三日間はなるべく時雨をトラウマの恐怖に晒《さら》したくない。

だから僕は、思い切ってこんなことを言ってみる。

「それじゃあ、明日から三日間学校をサボっちゃおうか。旅行でも行っちゃう？」

「旅行……？　でもそれじゃ、バンドの練習ができなくなっちゃうよ？」

「確かにそうだな。旅行っていう案には賛成だけど、練習もしておきたいし……」

時雨と理沙は、また僕が変なことを言い出したなと呆《あき》れていた。でも、不思議と嫌がってはいないあたり、悪い提案じゃなかったのかなと思う。

どこかに出かけつつ、バンドの練習ができる。そういう旅行先に僕は心当たりがあった。

僕はおもむろにスマホでとある施設を検索する。それは県内の山奥にあるスタジオ付きの宿泊施設。どうせならこの三日間、思いっきり三人だけのバンド合宿をしてしまおうと思ったのだ。

「ここならどうかな？　旅行気分でバンド練習もできるし、今なら閑散期で料金も安いよ」

「へえー、こんな施設があるんだな。これ、ものすごくいいじゃないか」

「うん。私もいいと思う」

「じゃあ決まりだね。早速電話して予約してみるよ」

僕はウェブサイトに記載されていた番号に電話をかけようとした。閑散期で平日ということもあり、施設は空いているだろう。

すると、時雨が少し慌てながら電話しようとした僕を制止する。

「ちょ、ちょっと待って融。私、お母さんに許可貰《もら》わないと」

「そ、そうだね。確かにちゃんと許可は取らないとだ」

「すぐに聞いてくるから待ってて」

時雨はキッチンにいる母親のもとへ話をつけに行ったので、部屋には僕と理沙だけになった。すると、理沙が少し神妙な面持ちで僕にこう切り出す。

「融、ちょっとお願いがある」

「理沙？　どうしたの？」

「うちも親に許可を取らなきゃいけない。この間の事務所でのやりとりほどではないだろうけど、ちょっと私一人では心細いというか……」

理沙は申し訳なさそうにそう言う。時雨の前でこのような姿を見せるのは逆に彼女を不安にしてしまうと我慢していたのだろう。このタイミングで切り出して来たのもうなずける。

「わかった。じゃあこのあと、理沙の家に行くよ。ついでに、金曜日のライブに来てくれないかどうかも直談判《じかだんぱん》してみよう」

「ありがとう。毎度毎度すまないな、頼ってばっかりで」

「何言っているんだよ、僕だって理沙や時雨に頼りっぱなしなんだから。これくらいいいってことよ」

理沙は安堵《あんど》の表情を浮かべる。周囲に立ち込めていた緊張感が緩んだところで、外泊の許可を貰えて嬉《うれ》しそうな時雨が部屋に戻ってきた。

「お母さん、オッケーだって」

「そっか、じゃあ、早速準備しないとね」

僕は明日の集合時間と場所を時雨に告げて、理沙と一緒に彼女の家をあとにした。

理沙の家はやはり想像通りの大きな家だった。和風な木造の住宅で、武士のお屋敷とか老舗の高級旅館と言われても信じてしまいそうな立派な佇《たたず》まいだ。

「……やっぱり、片岡家ってすごいんだね」

「これが普通じゃないんだなって気がついたときには、だいぶ葛藤したけどな。最近やっと受け入れられるようになってきた気がする。まだ、完全に吹っ切れたわけじゃないけど」

「大丈夫だよ。そこまで心配しなくても、なんとかなるさ」

「ああ、そうだな」

理沙は僕を応接間のような部屋へ案内し、片岡議員が帰ってくるまでくつろいでいてくれと言ってお茶を出してきた。

まもなく知事選挙が近いということもあって、かなり片岡議員は忙しいらしい。下馬評の時点ですでに片岡議員の圧勝だろうと言われているらしいが、それでも手を抜かないのはさすがである。もちろん僕は彼が当選して知事になることを知っているけれど、そんなことを誰かに言いふらしたりはしない。

小一時間程度待たされると、応接間に片岡議員が理沙とともに現れた。激務で疲労が溜《た》まっているはずなのに、先日選挙事務所で会ったときと表情一つ変わっていない。

席に着くなり理沙は事情を説明する。さすが片岡家の血が流れているだけあって、彼女の説明は順序立てられていて上手だ。

「……なるほどな。それで外泊の許可が欲しいということか」

「そういうことです。お願いします、父さん」

片岡議員の表情は変わらなかった。僕は何か交換条件を提示されることくらいは覚悟していたけれど、彼の口から出てきたのは意外な返答だった。

「構わん。一応、今は猶予期間中だ。法を犯すことでないならば、私がとやかく言うのは筋違いだろう」

「ほ、本当ですか……？」

「後々揉《も》めるようなことがあったとき、『あのとき許可をくれなかったから』と言われるのは大いに不本意だからな。その代わり、ルール違反が発覚したときには容赦しない」

僕と理沙は安堵のため息をついた。とりあえず、明日からバンド合宿に出かけることは問題ない。

「では、私は失礼するよ」

「ちょ、ちょっと待ってください」

僕は立ち去ろうとする片岡議員を引き止めた。話したいことは合宿の外泊許可だけではない。

「まだなにかあるのか？　……あまり時間もないので手短に頼む」

片岡議員が立ち止まって振り向くと、僕は肘で隣にいる理沙を小突いた。

「……理沙、ここは君の口から言わないと」

「そ……、そうだな……」

その瞬間、理沙から生唾を飲み込む音がした。意を決して、彼女は本当に言いたかったことを言葉にしはじめる。

「父さん。実は金曜日の夕方、うちの高校の武道場で私たちのライブがあるんだ。忙しいとは思うけれど、なんとか観《み》に来てくれないか？」

「……無茶《むちゃ》を言うな。夜や休日ならまだしも、平日の午後なぞ空いているわけがないだろう」

「無理を言っているのは重々承知の上なんだよ。どうか……、お願いします……！」

「さすがにその要望はどうにもならない」

「そこをなんとか頼むよ、父さん……！」

理沙は必死で頭を下げる。もちろん僕も同調して頭を下げる。彼に僕らの演奏を観てもらう機会というのはとても貴重だ。この機会を逃したから次がないというわけではないが、彼が知事選挙に当選してからでは今より時間を作ることがもっと難しくなるのは間違いない。だから可能であればここで決めておきたい。

しばらく沈黙が流れる。しかし、理沙は一歩も引かなかった。しつこさが自慢の僕でもこんなに粘ることができただろうか。彼女の本気度合いがその必死さから窺い知れた。

「……頼むよ父さん。これからもう時間を取ることだって難しくなるだろ？　もちろんタダで来てほしいなんて虫の良いことは言わないから。私にできること、全部やるから」

理沙はこれまで父である片岡議員に対してどこか及び腰なところがあった。自分の運命はもう決められていて、何かを言ったところでどうにもならないという諦めの気持ちを持っていたのだ。

そんな彼女が自分から状況をひっくり返そうとしている。理沙は今、壁を突き破って新たな自分に生まれ変わろうとしているのだ。そうであるならば僕もあっさり引き下がってはいけない。

「……僕からもお願いします。なんなら、選挙のビラ撒《ま》きをしたりとか、幟旗《のぼりばた》を立てたりとか、戦力になりますから」

勇気を振り絞った理沙を後押しするように僕ももう一度頭を下げる。その勢いが実を結んだのか、片岡議員は軽くため息をついてこう漏らす。

「あのなあ君たち、選挙での人の使い方には決まりがあるんだ。勝手に君らを労働力にしてはいけないことになっている」

「えっ、そうなのか？」

予想外の返事に、理沙は上ずった声で驚きをあらわにする。しかしそのあと、もっと予想外な言葉が片岡議員の口から出てきたのだ。

「……だから二人とも、私の選挙の手伝いなどしなくていい」

「それじゃあ、私たちは何をしたら……」

僕と理沙は困惑する。何かを代価にして片岡議員との妥協点を探ろうとしていたので、思わず僕らは目を見合わせてしまった。

「別に何もしてくれなくていい。……君たちは意識していないかも知れないが、私の仕事には県民の生活がかかっていることを忘れないでくれ」

「それはつまり……、金曜日のライブに来るっていうのは無理って言いたいのか……？」

片岡議員は再び部屋から立ち去る準備を始めた。そうして去り際に、もう一度僕らのほうを振り向く。

「……完全に無理とは言わない。が、難しいということだけは言っておく」

「……わかったよ。なら、別の機会を作るから、絶対に観に来てくれよな！」

理沙は悔しそうにそう言うと、片岡議員は一瞥《いちべつ》することなく部屋を出ていった。

片岡家からの帰り、理沙に近くまで送ると言われた僕は、二人で夜道を歩いていた。

「理沙、よく頑張ってあそこまで立ち向かったね」

「そ、そんなに褒めるなよ。結局のところ、父さんに観に来てもらう約束は取り付けられなかったから、意味はないんだよ」

「いや、そんなことないさ。そもそも僕じゃどうにもできなかったんだから、可能性が見えただけでも万々歳」

「……まったくもう、本当に融のペースは調子が狂うよ」

理沙は少し疲れた表情で、やれやれと苦笑いする。彼女の勇気がなかったらこの苦笑いすら出てこなかったであろうと思うと、その成長ぶりに僕は少し表情が緩む。

「でも片岡議員、『無理とは言わないけど難しい』って言っていたから、来てくれる可能性はゼロじゃないよね」

「出た、融特有の変なところでめちゃくちゃポジティブな思考。そうやってあんまり確率の薄いところにばっかり賭けていると、そのうち気が滅入《めい》っちゃうぞ？」

「ははは、確かにそうかもね」

理沙はもう一度やれやれと呆れた表情をみせる。

でも、本当に理沙はよく頑張った。片岡議員が来てくれるかどうかは、神のみぞ知るところ。しかし、これだけ人事を尽くしたのだ。僕らにだって天命を待つ権利くらいあったっていい。

歩いているうちに、だいぶ遠くまで来てしまった。

「それじゃあ僕はここで。また明日」

「ああ、また明日、駅前のバスターミナルでな」

僕は理沙に軽く手を振って、自宅のほうへ再び歩き出す。その瞬間、震える理沙の声で「ありがとう」と聴こえた気がした。でも、なんだか振り向いたらいけない気がして、僕はそのまま歩きながら小さく「どういたしまして」と、呟《つぶや》いた。

第十四章 ラフ・メイカー

融《とおる》を見送った私は、不覚にも涙を流していた。この涙は何の涙なのだろうか、理解するまでに少し時間がかかった。

この涙は嬉《うれ》し涙《なみだ》であろう。融との別れ際に「ありがとう」と言ったとき、自分ではこのあふれ出る気持ちをコントロールできなかった。こんなの、初めての経験だった。

片岡《かたおか》家に生まれた私には、その時点で人生には一本のレールが敷かれていた。

父の言う「型にはまった人生」というのはとてもわかりやすい。勉強して進学校に入り、難関と呼ばれる大学に入る。そうして大企業に入ったり、国家公務員なんかになったりして、ある程度の社会経験を積んだら父である片岡英嗣《ひでつぐ》の秘書、いずれは政治の道へとコマを進めていく。それが、生まれたときから私に敷かれた一本のレールだった。

このレールを外れて生きていくことは、人生の失敗を意味する。そういうふうに私は育てられた。

高校受験のとき、私は大きな失敗をした。

なんのことはない、受かるはずだった地元の進学校に落ちてしまったのだ。

滑り止めには受かったものの、それまで挫折らしい挫折をしてこなかった私にとって、取り返しのつかないことのように思えてしまった。

父さんはいかにして私の経歴をカバーするかを考えていたと思う。実の母親を亡くした私をなんとかして一人前にさせようと必死だったのだ。留学させようと言い出したのも、そのせいだ。

そこで私は気がついてしまった。片岡理沙《りさ》という人間は、この家に都合よく使われてしまっていると。

このまま素直に父さんの言うとおりにしていれば、確かに事がうまく運ぶかもしれない。でも、そこには私という人間性は存在しない。言うなればただのあやつり人形である。父さんに直接逆らうことは不可能ということだけが、私を苦しめていた。

この家のすべてに嫌気が差した。いっそのこと敷かれたレールから外してほしい。でも、レールから外れることは許されない。手詰まりの状況で不器用な私は、「不良生徒」を演じることで、この硬直した家族関係になにか波風を起こしてやろうと考えた。

長かった髪をバッサリと切り、金色に染めた。恐る恐るピアス穴もいくつか開けた。それだけでは飽き足らず、昔からら好きだったパンクロックとエレキベースに一層のめり込むようにもなった。

そんな見た目のせいか、高校に入ってからはずっと一人ぼっちだった。たとえ友達ができたとしても、私が政治家の家系であることを知ると自然と人は離れていく。

家庭の中でも私の立場は悪くなる。父さんとは言葉を交わすことも減った。もともと関係の薄かった継母は、より一層私に関わろうとはしなくなった。

私の日常はちっぽけだった。授業をサボって屋上で音楽を聴きながらただただベースを弾くだけ。誰かに助けてほしいと思いながら何もできないという、閉塞感だけがそこにはあった。


その時のことを思い出しながら帰り路をゆっくりと歩いていると、古びたタバコ屋さんの前を通りかかった。

昼間はおばあさん一人で店番をしている昔ながらの店。常夜灯には夜光虫が群がっていて、セピア色の写真に収めたらとても雰囲気が出そうなそんな佇《たたず》まいだ。コンビニやドラッグストアと違って年齢確認が甘いと噂《うわさ》で、未成年なのにこっそりここでタバコを購入する悪い奴《やつ》らがいるとかいないとか。

「……ったく、どこまであいつはお節介なんだか」

とある日、私は融にタバコの所持の有無を問われた。彼にとってはなんとなくの正義感で訊《き》いたことなのかもしれない。でも、私にとってそれはもしかしたら今後を左右するかもしれない大きな一言だった。

閉塞感で人生自体に投げやりになっていた私は、学校帰りにこの店でタバコを買ってやろうという出来心を持ってしまっていた。

別に吸ってみたかったというわけではない。むしろ煙たいのは嫌いで、衣服に染み付いたタバコのニオイというのは絶対に好きになれない。

ただタバコを手にして、悲惨な目に遭っているから非行に走ったという可哀想《かわいそう》な人間、――いわゆる、悲劇のヒロインを気取っていたかったのだ。

「もしかして、お見通しだったのかな……。あいつには」

ぼそっと独り言をつぶやく。

融の一言は、私にブレーキをかけたのだ。私の境遇なんてあの時の融には知る由もなかったはずなのに、何故《なぜ》かすべて見抜かれているようなそんな感じがした。

もしあのまま、この店でタバコを買っていたらどうなっていただろうか。答えは簡単だ。悲劇のヒロイン気取りの私は、より一層自分で自分を腐らせていっただろう。タバコが見つかってしまえば、それこそ退学なり家庭崩壊なり悲惨な結末もあったに違いない。

不思議なやつだ。まるで物語の結末を捻《ね》じ曲《ま》げるかのように行動を起こしてくる。またその動機がただバンドをやりたいだけだというのだからおかしくてしょうがない。

それでも融のおかげで私が今変わりつつあるのは事実だ。出口などないと思っていたこの人生のトンネルに、一筋の光が見えている。

一旦乾いたはずの涙が、もう一度にじむように瞳から溢《あふ》れてきた。

「はは……、明日瞼《まぶた》が腫れてたら、融に笑われるな」

私は自嘲する。自分に笑顔が似合うかと言われたら甚だ疑問だけど、泣き顔のほうが似合わないのは間違いない。明日また会ったときに泣き顔を笑われないように、誰もいない今のうちにたくさん泣いておくのも悪くはないなと、私はいつもよりゆっくり歩いて家へと帰った。

第十五章　魔法のバスに乗って

翌日。バンド合宿へ向かう準備を整えた僕は、意気揚々と家を出た。

幸いなことに合宿施設の料金は閑散期ということで激安だった。僕らの貯金を使えばなんとかなる。学校をサボって合宿、それも男女混合と、字面だけでは絶対に反対されそうだが、案外なんとかなるものだ。

集合場所の駅前のバスターミナルに着いた僕は、ぼーっと音楽を聴きながら二人を待っていた。

「よう、おはよう」

「おはよう、理沙《りさ》」

先に来たのは理沙だった。スキニージーンズとライダースジャケットという予想通りの出で立《た》ちでやって来たので、僕は一周回って安心した。細身で脚も長くスタイルがいいので、お世辞抜きで似合っている。

「しかしまさか上手《うま》いこと合宿に行けるとはな」

「そうだね。僕もここまで事が上手く運ぶとは思わなかったよ」

理沙は道中コンビニで買ったらしい緑茶のペットボトルに口をつけた。

こんな感じで硬派な理沙だけど、実はコーヒーが飲めなかったりする。大概の場合、緑茶か烏龍茶《ウーロンちゃ》が彼女の手元にはある。

「まあでも、その突拍子のないアイデアが融《とお》るっぽくていいと思う。私と時雨《しぐれ》じゃあ絶対にこんなことを思いつきやしないから」

「ハハハ、それは褒められていると思っていい？」

「もちろん」

僕は自嘲気味に笑う。

別にバンド合宿でなくても、三日間どこかへ逃げられるのであれば何でも良かった。思いついたのがたまたま合宿だったというそれだけだ。

しばらくして時雨がやってきた。いつものように少しオーバーサイズ目のパーカーを着てショートパンツとタイツを組み合わせている。耳にはお気に入りだというヘッドホンが装着されていた。

「おはよう時雨、昨日はよく眠れた？」

「うん……、大丈夫だよ」

時雨はヘッドホンを外して、呼吸を整えながらそう言う。

今日から三日間、学校でトラウマの恐怖に晒《さら》されなくて済むことになったので、時雨は以前の落ち着きを取り戻していた。とにかくその姿を見られたので僕は一安心だ。

本当に心を閉ざしてしまう時というのは、部屋から出ることさえおっくうになる。でも、そうでないのであれば、また時雨は立ち直ることができる。この三日間は、大切な充電期間でもある。

「そんじゃ、揃《そろ》ったことだし行こうか。もうそろそろバスも来るみたいだし」

「そうだな、案内頼むよ」

高速バスの乗り口へ向かう。

ちょうどそこには回送運転から営業運転に切り替わったバスが乗客を待っていた。荷物を床下トランクへ預けると、僕らは座席に腰掛けた。

平日の午前中。ほぼ貸し切りのようにバスの中はガラガラだ。

心地よい揺れに身を任せているうちに僕はまどろんでしまった。目的地に着くまでに起きられれば大丈夫だろうと、ゆっくり瞼《まぶた》を閉じる。

次に目が覚めたのは目的地の少し手前になってから。時雨が心配して僕に声をかけてきた。

「……融、そろそろじゃない？」

「ああごめん、そうだね。次の停留所が目的地だよ、ありがとう時雨」

危うく寝過ごすところだった。もし時雨も理沙もいなくて一人旅だったとしたらと思うと、やっぱり三人でいるのは安心する。

バスに揺られたあと、そこから三キロほど歩くと合宿用の宿泊施設がある。チェックインを済ませると、荷物を自室へ運び込んだ。

部屋はいわゆる旅館みたいな和室。お金もないので三人でひと部屋だ。

さすがに男女混合で同じ部屋に過ごすとなるといろいろ大変なので、僕は遠慮をして窓際のテーブルと椅子のあるスペース――広縁に陣取り、女性陣二人は八畳間を広々と使うようにした。

二人から文句を言われなかったあたり、僕は信頼されているのか、それとも無害だと思われているのだろうか。キャラ的に自分は後者なんじゃないかなと自嘲しながら、荷物を置いて練習スタジオへ向かった。

「おおー、案外ちゃんとしたスタジオじゃないか」

「レコーディングに使ったりもするみたいだからね。今村楽器《いまむらがっき》のスタジオより設備充実していると思うよ」

スタジオの重い防音扉を開けた理沙の第一声は驚きだった。

部室が使えないときにお世話になる今村楽器のスタジオに比べて、アンプやドラムセット、レコーディング機材も充実している。

「……これ、二十四時間使っていいの？」

「もちろんだよ、夜中も爆音オッケーさ」

極めつけはこれが二十四時間使い放題というサービスっぷりだ。周辺に民家がないので思い切り音が出せる。

加えて他に遊ぶようなところもないので、否《いや》が応《おう》でもバンド漬けの合宿が行えるという至れり尽くせりっぷり。

「……それにしても融、こんなところよく知っていたね。この合宿所、使ったことあるの？」

「えっ……？　いや、そ、そんなことないよ？　ほ、ほら、いろいろなバンドのブログとかＳＮＳを見ているとそういう事書いてるからさ……」

「ふうん……」

時雨はたまに鋭い問いかけをしてくる。

実際のところ、僕は一周目のときにこの合宿所を使ったことがある。だから合宿先にここを選んだわけなのだけど、あまりにも慣れすぎていて不自然に見えたかもしれない。

今までもちょっと口が滑って危ないことがあったから気をつけなくては。

合宿所に着くなりすぐに練習を始め、気がついたらもう夜になっていた。

オリジナル曲やコピー曲を練習したり、それを録音して聴き返したり、はたまた、よくわからないセッションが始まって収集がつかなくなったり。このバンドを組んで以降、こんなに長い時間充実した練習ができたのは初めてだった。

夕食を終えたあとは、女性陣がお風呂へと向かっていった。大浴場の大きな湯船で身体を休められるということもあって、二人ともなんだかご機嫌なように見えた。

二人がお風呂で何を話すのかは気になるところではあるけれど、そこに介入するのは野暮《やぼ》というものなので、僕は僕で静かに基礎練習でもして時間を潰すことにしよう。

第十六章　バスロマンス

湯気が立ち込める大浴場は、ほぼ貸し切りのような広々とした感じだった。

自宅のお風呂の何倍もある大きな湯船の端っこで、私は左足からお湯に浸《つ》かる。少しぬるめのお湯で、普段から長風呂をしがちな私にとってはちょうどいい温度だ。

融《とおる》が突然言い出した「バンド合宿をしよう」という提案は、思っていたよりも楽しいものだった。

学校をサボって外に出て、夜までひたすらバンドの練習。急に訪れたささやかな非日常は、私にとってかけがえのない時間になりつつある。

融や理沙《りさ》からしてみたら、私を恐怖から一時的に逃してやろうという、それだけのことだったのだろうけれども、その心遣いがとても嬉《うれ》しかった。

今ここで私が湯船に浸かってほっこりしていられるのは、二人のおかげにほかならない。

「おおー、実質貸し切りじゃないか。最高だな」

少し遅れて、一糸まとわぬ姿の理沙が浴場へと入ってきた。

「理沙、遅かったね。何してたの？」

「ああ、ちょっと日課のアレをな……」

「日課のアレって?」

「まあ、ちょっとした筋トレだよ。体幹トレーニングみたいなやつ」

理沙はそう言うと洗い場の椅子に座ってシャワーの蛇口をひねる。髪から順に全身を洗い終えると、いつの間にか湯船に身を沈めて私の隣に陣取っていた。

「体幹トレーニングが日課なんて、理沙、スポーツでもやってるの?」

「いいや、体幹を鍛えると姿勢が良くなるっていうからさ、きっとベースを弾くフォームも良くなると思って続けてるのさ」

「そうなんだ。やっぱり理沙って、結構ストイックにトレーニングをしているよね」

「そうでもないよ。忘れる日も結構ある」

しっかり者のように見える理沙でも、忘れてしまうことはよくあるらしい。それでもきちんと習慣化してしまうのはさすが理沙という感じだ。その勤勉さというのは、なかなか真似《まね》できるようなものではないと私は思う。

「一日忘れても次の日からまたちゃんとやり直すの、なかなかできないと思うよ。連続記録が途切れると、気持ちも切れちゃうことなんてよくあるし」

「ははは、そうかな。言われるとちょっと照れるな」

理沙は少しはにかんでみせる。

「時雨《しぐれ》もやってみるか?　発声にも姿勢が大きく関わってるらしいから、鍛えればもっといい声出るかもだし」

「筋トレでしょ……？　で、できるかなあ……？」

　できるできると理沙は言う。体力にも運動神経にも正直自信はない。けれども、自分自身を鍛えて成長させることは、巡り巡ってみんなのためにもなる。

　今までの自分なら遠慮してしまうところだけれども、気がつけば私は理沙にトレーニングのやり方を簡単に教わっていた。お風呂から出たら実践してみようかと思う。

　しばらくお湯に浸かって、だんだんと身体が温まってきた。

　山奥の合宿所は街中に比べて少し気温が低かったので、知らず知らずのうちに身体は冷えてしまっていたようだ。

「ふぅー、生き返るー……。やっぱ広い風呂はいいなあ」

　理沙もお湯が身体に馴染《なじ》んできたのか、軽く伸びをしてリラックスしている。

「理沙のおうちなら、ここよりもっと広いんじゃないの？」

「そんなわけないだろ。普通だよ普通」

「普通のヒノキ風呂？」

「そうそう、普通のヒノキ風呂。あの木の香りがたまらなく良いんだよな。やっぱり日本人はヒノキの香りでリラックスできるように遺伝子レベルで……って、おい、何言わせるんだよ！」

　お手本のようなノリツッコミにふふっと私が笑うと、理沙も合わせるように笑ってくれた。

「なんだか時雨、よく笑うようになったな」

「そう、かな……？」

私は思わず自分の顔を手で覆う。

あまり笑わない子だと言われたことは何度もある。それが自然だと思っていた。笑うようになったと言われるのは、少なからず自分が変化してきたということ。自覚のないうちに、私の表情筋は柔らかくなったのかもしれない。

「随分笑うようになったよ。初めて会ってからしばらくの間は、全然口を利いてくれそうになかったし」

「ご、ごめん……、それはちょっと人見知りなのもあって……」

「まあそうだよな。だから私は最初、時雨のことをすっげえ無愛想なやつだなって思ってた。……とは言っても、私も人のことは言えないんだけどさ」

私も、理沙のことを同じように思っていた。人を寄せつけようとしない、自ら孤独という道を選んでいるような、そんなイメージ。

そんな似たもの同士の私たちを繋《つな》いだのは、融の行動力とあの曲だったらしい。

「あのとき聴いた時雨の歌が、どうも心に突き刺さってきてさ、それがものすごく心に残ってて、忘れられなかった」

理沙をバンドに誘うため、融と一緒に私は屋上であの曲を演奏した。融曰く、自分たちのことを知ってもらおうという名刺がわりの一曲だったらしいのだけれども、それがあのときの理沙には効いたらしい。

「一人ぼっちの自分を歌った曲だったろ？　あのときの私も孤独だったから、それに余計に共感しちゃったというか……」

「どうしたの？」

「いや……。はは……、感想を言うのって、結構難しいのな」

「わ、私もそう真面目に感想を言われると、結構恥ずかしいかも……」

理沙は自嘲して、一方で私もむず痒《がゆ》い気持ちになる。

バンドメンバー同士とはいえ、本気で良いねと言うこと、言われること、どちらも勇気がいるものだ。

「表現が正しいのかどうかわからないけど、共鳴して、呼び寄せられたかのような感覚だった。ここに私はいてもいいんだって、あの曲のおかげで少しずつ思えるようになった」

そう言われて、私は融に出会った日のことを思い出す。

「そういえば、融が私のことを誘ってきたときも、あの曲に随分固執していた気がする……」

「そういう曲なんだよ、あの曲は。あの曲がみんなを繋いでいる。いわば、みんなの歌なんだよ」

「みんなの歌……」

理沙のその言葉が一歩を踏み出すトリガーになった。

実は私は、ずっとあの曲をアップデートしたいと考えていた。完成度が高まるにつれてどんどん言い出しにくくなってきてしまったので、どこかできっかけが欲しいと心の中で渇望していたのは間違いない。

思い切って、ここで言い出してみよう。私にとって、胸の内を話すことができる数少ない人。片岡《かたおか》理沙という人は、もう私の中でかけがえのない存在になっていた。

「……理沙、実はあの曲ね、歌詞を考え直そうかなって思ってるんだ」

「い、今から直すのか？　さすがにそれは大変なんじゃ……」

「ううん、歌詞自体はほとんどでき上がってる。この話をいつ切り出そうか、ずっと迷ってた。……今からワンフレーズ歌うから、ちょっと聴いてほしい」

「あ、ああ……」

私はおもむろに湯船から立ち上がって、あの曲のワンフレーズを声に出す。歌詞はずっと温めていた、今の自分たちを歌ったもの。

三人分の想《おも》いを詰め込んだ、等身大の歌。

歌い切ると、隣にいる理沙はぽかんと口を開けていた。

「……おいおい、もはや全然違う曲じゃないかよ」

「タイトルも『our song』にしようかなって。ダメだったかな……？　やっぱりイメージと違う？」

「いやいや、むしろ逆！　初めて聴いたけどその歌詞のほうがいい。それに、直すならこのタイミングしかないだろ」

「ほんと……？」

呆気《あっけ》に取られていた理沙の表情が、なにか確信めいたものに変わる。

「ああ。あとは、念のため融にも確認をとってみたらいいと思う。多分、文句なんて一ミリも出てこないとは思うけどな」

理沙はそう言ってニカッと笑う。私から言わせてみれば、彼女だってよく笑うようになったなと思う。

この歌詞で良かったのか不安になっていた私は、その表情でやっと安心できた。

少し長風呂になってしまったので、私はそろそろ上がろうかなと立ち上がる。すると、理沙がまたなにか思いついたように言い出した。

「あっ、そうだ。風呂から上がったらあれを飲もう」

「あれ？」

「ビンの牛乳。さっき自販機を見かけたからさ、これは飲むしかないなって思って」

「ふふっ……」

私は思わず笑ってしまった。どこまで行っても理沙は自分のペースがあってブレない。そのペースについていくことが変に心地よくて、誰かと一緒にいることの良さを改めて感じさせられる。

「時雨？　どうしたんだ？」

「ううん、一緒にバンドを組んだのが理沙で良かったなって」

「その言葉、そっくりそのまま返すよ」

理沙は視線をそらして、ちょっと恥ずかしそうにそう言う。

湯船のお湯はぬるめだったけれど、不思議と身体はぽかぽかだ。渇いたのどをビンの牛乳で潤すのがいっそう楽しみになってきた私は、貸し切りの大浴場をあとにした。

第十七章　同じ月を見てた

Band wo Kubi ni sareta boku to OSHI JK no Seishun Rewrite

小一時間ののちに二人が部屋に帰ってくると、自販機で購入したビン牛乳を空け始める。

「ぷはー！　この一杯がたまらないんだよなー！」

「おかえり、湯加減どうだった？」

「なかなか悪くないぞ。しかも貸し切りだ」

理沙《りさ》がビン牛乳を飲み干してそう言う。彼女お酒が弱いかもしれないと自分で言ってはいたが、あと数年したらそのビン牛乳が缶ビールに変わっているのが鮮明に思い浮かぶ。

ちなみに時雨《しぐれ》はフルーツ牛乳をちびちびと飲んでいる。こっちは数年後、甘い缶チューハイを飲んでいそうだ。

彼女たちが部屋に帰ってきたので、入れ替わるように僕が大浴場へと向かう。

部屋の鍵が一つしかないので、こうやって代わりばんこに部屋を出るのが一番合理的だ。

それに湯上がりの女子たちは僕に見られたくないようなケアをしなきゃいけないこともあるだろうし、僕も一人になりたくなる時間帯だからちょうどいい。

理沙の言うとおり風呂の湯加減は最高で、他の客もいないので貸し切り状態。

朝から晩までずっとドラムを叩《たた》きっぱなしだったこともあって、その疲労が湯へ溶け出していくかのような気持ち良さだった。こんな入浴が毎日できるならば、ずっと合宿をしていたい気分だ。

「あと二日……、か」

僕は誰もいない大浴場で、なおかつ誰にも聞こえない声量でつぶやいた。

バンド演奏の完成度を高める時間はたくさんある。でも、いざステージに立ったとき、時雨にトラウマの恐怖に立ち向かえる自信みたいなものが身につくには、いくら時間があっても足りない。

どうやったら僕は時雨を支えてあげられるだろうか。そんな事を考えていたら少しのぼせてしまったようだ。身体を冷ますのに時間がかかったので、部屋に戻ったときには二人とも寝息を立てていた。明日もバンド漬けだ。僕も早いところ寝て体力回復するとしよう。

深夜一時を回ったくらいだろうか、僕はふと目が覚めてしまった。

ばかに月明かりが僕の枕元に差し込むせいで、不思議と自然に覚醒してしまったみたいだ。

喉が渇いていたので、水を飲んでもう一度床に就こう。そう思って部屋を出ようとしたら、時雨の姿がないことに気がついた。彼女の布団は抜け殻のようになっていて、おまけにギターの入っているギグバッグもない。

もしかしてと思い、僕は練習スタジオのほうへ足を伸ばした。すると静まり返ったスタジオエリアから、エレキギターのシャカシャカした生音と、澄んだ声の歌が聴こえてくる。

間違いない、時雨だ。寝付けないので練習でもしているのだろうか。

でも彼女の歌っているその歌には聴き覚えがない。奈良原《ならはら》時雨のアルバムを聴き尽くしたオタクの僕ですら、今時雨が歌っているメロディに心当たりがなかった。

僕は気になって仕方がなくなって、その歌の聴こえてくる練習室の扉を開けた。中にはやっぱり時雨が一人ギターを弾きながら歌っている。服装は寝間着のまま。

僕個人の勝手なイメージで、時雨はパステルカラーでもこもこした感じのルームウェアを着ていると思っていたのだけど、実際に着ているのは普通のジャージだった。

「と……、融《とおる》……!?　どうしたの？　こんな時間に」

「いや、なんだか目が覚めちゃってさ。そしたら時雨が布団にいないからここかなと思って」

まさかこんな夜中に僕が訪れるなんて思っていなかったのか、時雨は結構な驚きようだった。

「時雨は何をしていたの？」

「ええっと……、歌詞を考え直そうかなと思っていたら、ちょっと別の曲が浮かんできちゃって」

「そうだったのか。ごめんね、なんだかお邪魔しちゃって」

「い、いいのいいの。とりあえずメロディは録音できたし、この曲はまた後で仕上げるから」

時雨の手元には録音アプリが起動しているスマホがあった。彼女はメロディ先行で曲を書くらしく、この録音データをもとに曲を仕上げていくらしい。

さすがに週末のライブには間に合わないだろうから、コンテスト出場が決まったときまでこの曲のことは後回しだろう。

「歌詞のほうはどう？」

「ええっと……、これでいいのかなって悩んでる。よかったら融、ちょっと聴いてくれないかな？」

「もちろん」

時雨はオリジナル曲『時雨』を歌いはじめた。

彼女いわくまだタイトルも確定しておらず、とりあえず今は『時雨』という仮タイトルでバンド内でも通している。

彼女の歌う『時雨』は、僕が一周目で擦り切れるほど聴いた『時雨』とは全くの別物になっていた。

本来の『時雨』は、奈良原時雨自身の孤独感や疎外感を冷たい雨のように歌い上げたもの。

でも、今のこの歌は違う。メロディこそほとんど変わらないが、例えるならそれは仲間との絆《きずな》を示すような、優しい恵みの雨。包み込むような歌を歌う、僕の知らない奈良原時雨がそこにはいた。

　夢でも見ているのかと思った。奈良原時雨から、これほどまでに優しい歌が聴こえてくるとは僕には思えなかったから。

「……どう、かな……？」

　時雨は歌い終えると、少し不安げに僕のほうを見る。僕は率直に感想を述べた。

「……見違えるようだった。凄《すご》く良いと思う」

「本当？　だったら嬉《うれ》しいなあ」

　時雨はいつもより五割増しくらいではにかんだ。

　彼女のこの表情を独占している僕は、とても罪な男かもしれない。

「タイトルも変えようかなって思ってるんだけど、いいかな？」

「良いと思うよ。時雨の曲なんだし、時雨の思うままにタイトルをつければいいと思う」

「……じゃあ、『our song』っていうのはどうかな」

　それはすなわち、『みんなのうた』と直訳できる。僕はシンプルながらそのタイトルにびっくりした。

　一周目では奈良原時雨の歌詞の中に、一人称複数の代名詞が使われることは一度もなかったから。彼女はここにきて、仲間というものを強く意識するようになったのだ。

　二周目の時雨は、一周目とはまた違う方向に進化している。そう感じざるを得なかった。

「……賛成。というか、もうそれしかない感じがする」

「よかった……。実は理沙にもお風呂のときに相談してOKを貰《もら》ったんだけど、融にだけ違うって言われたらどうしようかと思ってた」

時雨は胸を撫《な》で下《お》ろす。静まり返ったスタジオの中に、小さく「ふぅ……」というため息の音だけが流れた。

「この歌はね、融のおかげで完成したんだ。多分、私一人じゃ一生未完成のままだったと思う」

「それは言いすぎだよ。完成させたのは他でもない時雨の力さ」

「じゃあ、そういうことにしておこうかな。なんてね」

時雨は冗談っぽくそう言う。

ここまで曲作りに夢中になって張り詰めていたのだろう。この瞬間、それが一気に弾けたように時雨の表情が緩んだ。

「なんか緊張してたから喉が乾いちゃった。なにか飲もうよ」

「そういえば僕もそのつもりで部屋を出てきたことをすっかり忘れてたよ。外に自販機があるから、飲み物でも買おう」

ポケットに入っている小銭の金額が二人分の飲み物を買っても十分足りることを確認して、僕は練習室の重い防音扉を開いた。

照明が消えた合宿所の廊下は、非常灯と月明かりだけが光っている。外の自販機へと向かう間、僕ら二人は上空で光る球体を眺めていた。

第十八章 胸がドキドキ

自販機のボタンを押すと、ガゴンという音が周囲に響き渡る。僕たち二人がこの世界で最後に起きているのではないかと思うくらい、外は静かな夜だった。

「はい、どうぞ」

僕は自販機の取り出し口からペットボトルの水を取り出して時雨《しぐれ》に手渡す。飲み物のラインナップは豊富だったのだけれども、寝る前なのでコーヒーやお茶は避け、甘い飲み物も歯磨きをもう一度するのは面倒だということで結局水を買った。

「ありがとう。お金、あとできちんと返すね」

「いいよそんなの気にしなくて」

「ううん、こういうところこそちゃんとしないとだよ」

「じゃあ、お言葉に甘えて」

自分の分の水も購入した僕は、時雨と一緒に近くにあった木製のベンチに腰掛けた。

空は雲一つなくて、夜だけれどもとても澄んでいる。ちょうど満月の日だったようで、丸い月が空の真ん中で輝いていた。その明るさで目が覚めてしまったのも納得がいく。

ひんやりした夜の空気を吸い込んで、時雨はつぶやくように言う。

「なんだか不思議だね。私が今こうやってバンドを組んで、週末のライブに向けて一生懸命練習しているなんて、夢みたい」

「夢じゃないよ。ちゃんとここまでみんなの力で歩んできたんだ」

「……うん。そうだよね」

時雨は買いたてのペットボトルのキャップを開け、水を一口だけ飲んだ。

「……中学の頃のことがあったから、こんな風に楽しく音楽ができるなんて、全然思いもしなかった」

「中学の頃のこと……、か」

「うん。私から話すのは初めてだよね。融《とおる》は多分、誰かから聞いているかも知れないけれど」

その瞬間ドキッとした。時雨の意志に関係なく彼女のことを知るため、僕は石本《いしもと》さんをはじめとしたいろいろな人に聞いて回っていた。今思えば、とても勝手なことをしている。

「ご、ごめん。僕ったら勝手にいろいろな人から時雨のことを聞いて回ってた。どうしても、時雨のことを放っておけなくて……」

「いいのいいの。私、普段あまりおしゃべりしないから、聞いて回るのが正解だと思う。それに……」

「それに？」

「なんだかんだあったけど、融がそうやって私に手を差し伸べてくれたことがとても嬉《うれ》しかったから」

時雨はほんのりと笑みを浮かべる。彼女の持ち前の透明感と月明かりが相まって、少し幻想的な色合いを醸し出していた。

「中学のときもね、私に手を差し伸べてくれる優しい子がいたんだ」

「もしかして、石本《いしもと》さんのこと？」

「そう、確か融と同じクラスだったよね。中学の時、一緒の部活に入ってたんだ。私が周りから嫌われちゃったときも、最後まで美緒《みお》ちゃんは味方になってくれた」

そのときの石本さんは、時雨の味方になり続けると余計に時雨を傷つけてしまうことに気がついてしまった。それもあって、以降二人は疎遠になってしまう。時雨も石本さんも優しいがゆえに起きてしまったすれ違いだ。

「石本さんのこと、時雨は嫌いになったりしていない？」

「まさか、そんなこと絶対にできないよ。美緒ちゃんにはとても感謝してるんだ。もうちょっと時間がかかるかもしれないけれど、美緒ちゃんが良いって言ってくれるなら、また友達としてやり直したいなって、私は思ってるよ」

「そっか。ちょっと安心した」

時雨と石本さん、二人の仲は決して悪くない。ちょっとしたボタンの掛け違いみたいなもので、きっかけさえあればちゃんとやり直せる。だからそれを時雨の口から聞き出せたことで、僕は少し安心した。

「機会があったら、美緒ちゃんとも一緒に音楽をやってみたいなって思うんだ。まあでも美緒ちゃん、放送部に入っちゃったみたいだから、ちょっと難しいかもしれないけど」

「大丈夫だよ。きっとすぐにそんな機会がやってくるさ」

「そうだといいな。……あっ、でも、美緒ちゃんはドラマーだよ？　もし私が美緒ちゃんとバンドを組んだら、融、拗《す》ねちゃったりしない？」

時雨の言う心配事が思っていたよりも可愛《かわい》らしくて、僕は思わず笑ってしまう。

ここは自信を持って「拗ねるわけないだろう」と大人の余裕を見せたいところだけれども、そんな虚勢を張ることに意味はないなと思ったので、正直に答える。

「拗ねたりなんてするもんか。……あー、いや、でも、ちょっと拗ねるかも」

「ふふっ、なんだか融っぽいね」

僕と時雨は見合ってもう一度静かに笑う。優しく笑いあえるこの会話に、どこか居心地の良さを僕は感じていた。

ずっと時雨とこうして話していたい。二人きりでじっくり言葉を交わす機会を一秒たりとも無駄にしたくない。幸せにも似たそんな気持ちが、僕の中に溢《あふ》れかえってくる。

「融と出会ったばかりの頃、私はまた美緒ちゃんのときと同じ失敗をしちゃうんじゃないかって怖かったんだ」

「それは、僕がせっかく近づいたのに離れていっちゃうんじゃないかって思ったってこと？」

「そう。そんなことになるくらいなら、一人のままのほうがいいって思って、あのときの融にひどいことを言っちゃってた。ごめんね」

「いいんだよそんなこと。僕は全然気にしちゃいないよ」

孤独が当たり前になると、孤独であることに対して何も感じなくなる。でも、中学時代の時雨のように、友達がいる状態から一気に孤独になってしまうというのは、誰だって耐え難い苦しさがある。だから彼女は二度と同じ経験をしたくないと思い、自らずっと孤独でいることを選んだのだ。

ふと一周目でのことを思い出す。奈良原《ならはら》時雨のラストアルバムに収録されていた『Re：』という曲の歌詞。あの歌には、人生をやり直したいという気持ちに加えて、大切な人を失った辛さというものも込められていた。

おそらく一周目の時雨には大切な人がいたのだろう。ただの推察でしかないけれど、彼女の恩人であり、精神的な支えとなっていた人。そんな人が、何かしらの理由で時雨の前から消えてしまったのだ。

想像するだけで怖い。一人ぼっちなってしまうことにトラウマを抱えている時雨にとっては、現世を憂えて飛び下りるには十分すぎる理由だ。

「でも融は美緒ちゃんと一つだけ大きく違うところがあった」

「違うところ？」

「うん。それはもう、びっくりするくらいしつこかった」

「それは……、ごめん」

時雨は「ううん」と首を横に振る。

「違うの、すごく感謝してるんだ。それくらいのしつこさじゃなかったら、私は動かなかっただろうから」

「そんな大したことはしてないよ」

「あの日、軽音楽部室のドアを開けて融が飛び込んで来なかったら、私は一人のままだったんだもん。もしかしたら、学校だって辞めてどこかに消えていったかもしれない」

その先のストーリーを僕は知っている。君は一度シンデレラガールとなって世に知れ渡るけれど、結局悲劇の最期を迎えてしまう。

今となってみれば僕はただ単に悲しい未来を避けたい一心だったのだけど、こんな風に時雨に想《おも》われるようになるとはさすがに思っていなかった。

自分の一つ一つの行動が、人をこれほどまでに動かす。感慨深いような、むず痒《がゆ》いような、変な気持ちだ。

「まるで未来から来たヒーローみたいだった。私のこと、なんかお見通しって感じで」

「そ、そんなことないよ。……た、ただの偶然だよ」

まるで心臓を素手で握られたかと思うような時雨の発言に、僕は人生で一番ドキッとした。

「ふふっ、冗談冗談。そうだったら面白いなと思っただけ」

　その面白いと思っていることが、まさに目の前で起きているのだよ、とは言わない。僕がタイムリープしてきたことを時雨に打ち明けることはおそらくない。理由は自分でもよく分からないけど、言ってしまったらそこで何かが終わってしまうような、そんな気がした。

「……そろそろ部屋に戻ろっか。もうそろそろ二時になるし」

「そ、そうだね。明日もバンド漬けだし、ちゃんと寝ないと体力持たないから」

　僕がそう言うと、椅子に座っていた時雨は立ち上がろうとする。すると、不意に彼女はバランスを崩してしまった。もう時雨はかなり疲れていたのだろうと思う。慣れない遠出をし、長時間のバンド練習、そして夜ふかしまで。そんな倒れそうになった彼女の身体を、僕はとっさに抱きかかえた。いや、どちらかというと抱きしめたと言ってもいい。

「だ、大丈夫⁉」

「……う、うん」

　不可抗力とはいえ、時雨の細い身体を抱きしめてしまったことに僕はドキドキしてしまった。さっき時雨にドキッとすることを言われたのもあって、余計にその鼓動はやかましくなっている。ＢＰＭで言ったら一三〇くらいだろうか。この心音を時雨に聴かれるのが、なんとも恥ずかしい。

「……融、ドキドキしてるね」

「ご、ごめん……、びっくりしたもんだから」

「なんか……、ううん、なんでもない」

時雨は何か言いたげだったけど、その先のことは言わなかった。

今まで僕は時雨のことを、『推し』だとか『ファン』だとか、バンドを組むようになってからは『仲間』だというように思ってきた。でも、今僕の心の奥底から、それとは別のとある感情が沸き立ちそうになる。その気持ちはバンドをやる上で、絶対に仲間に対して抱いてはいけないと教わってきた、そんな気持ちに似ていた気がする。

……駄目だ、この感情に気づいてはいけない。今はまだ、心の奥底に押し殺しておかないと。

僕は深呼吸をして、抱きしめていた時雨を離す。彼女のふらつきは治まったようなので、僕らは何もなかったかのように部屋に戻った。

※　※　※

二泊三日のバンド合宿はあっという間だった。

普段の退屈な授業も、これくらいあっという間に過ぎ去ってくれればいいのにと思う。でも悲しいことに、退屈なことほどなかなか過ぎ去ってくれない。それはタイムリープして時間を巻き戻したとしても同じことだった。

オリジナル曲のアレンジも固まり、コピー曲の完成度も申し分ない。あとは、無事にステージで演奏できれば十分に勝機はある。

「よーし、みんな忘れ物はないかー？」

「オッケー」

「大丈夫」

まるで遠足のときの引率の先生のように理沙《りさ》が最終確認をする。来たときは僕が案内をしていたはずなのに、いつの間にかこんな感じで理沙がまとめ役になっていた。これも政治家の血なのだろうか。心を開いた相手に対して理沙はとても面倒見が良い。

合宿所を出て、行きと同じバスに揺られる。そうしていつの間にか、最寄り駅のバスターミナルにたどり着いていた。

「それじゃあ明日は適当な時間に登校しよう。なんなら、ずっと屋上にいたっていい」

「そうだな、ライブまではそんな感じでやり過ごしていいだろ」

僕と理沙は楽観的にそんな事を考える。ここ何日か学校をサボったことは未来の自分がなんとかしてくれるだろうと、それくらいの気持ちだった。

「二人とも、本当に私のためなんかに……」

「いいんだよ、何度も言うけどこの三人で一つのバンドなんだ。もし今度、僕や理沙が時雨みたいに苦しい状況になったら、その時助けてくれればいい」

「ああ、一蓮托生《いちれんたくしょう》ってやつだな」

「……それ、あんまり良い意味じゃない気がするんだけど」

僕らはハハハと笑う。一蓮托生でも一心同体でも呉越同舟《ごえつどうしゅう》でもなんでもいい。苦難を乗り越えるために手を取り合える仲間がいて、本当に良かった。一周目の僕が今の僕を見たら、少しは羨ましがるだろうか。

第十九章 ハイブリッド・レインボウ

Band wo Kubi ni sareta boku to OSHI JK no Seishun Rewrite

翌日、金曜日。

時雨《しぐれ》と理沙《りさ》は気分に任せて登校させるとして、僕は僕でやりたいことがあるので早めに学校に来た。

校舎裏のひと気が少ない場所。僕はそこにある人を呼び出した。

「やあ、来てくれたんだね」

「だって、あんなふうに呼び出されたら……ね」

「来てくれなかったらどうしようかと思ってた。でも、ちゃんと来てくれたから助かった。ありがとう、石本《いしもと》さん」

僕が呼び出したのは石本さんだった。彼女の連絡先を知らないので、玄関の靴箱にメモ書きを入れるという古典的な方法を使ったのだ。彼女がかなり動揺しているのは、そのメモ書きにこう書いたから。

「『時雨とやり直す絶好のチャンスです。このメモを見たらすぐ校舎裏に来てください』なんて書かれたら、さすがに行くしかないと思っちゃうよ」

「だから助かった。石本さんはまだ、時雨とやり直すことを諦めていないんだなっていうのが確認できたから」

僕がそう言うと、石本さんは周囲を見渡す。おそらく、時雨の姿を捜しているのだろう。

「ごめんね、ここには時雨はいないよ。今日は昼くらいにのんびり登校してくる予定なんだ」

「……もしかして、芝草《しばくさ》くんは私の意志を確認するためだけにここに呼び出したの？」

「まさか、それだけで呼び出したわけじゃないよ。僕は石本さんと時雨がやり直すためのきっかけ作りをちゃんと考えてる。というより、これは石本さんにしかできないことなんだ」

石本さんは、「どういうことなの？」と首をかしげる。

僕は、作戦——もとい、石本さんにやってほしいことを説明する。一通り聞き終えたところで、彼女は不安げにこう漏らす。

「それ……、本当に上手《うま》くいくのかな……？」

「絶対上手くいくさ。ただ、この作戦をやるとなると石本さんにはリスクを負う可能性がある。それだけはちゃんと伝えておかないといけない」

「リスク……？」

僕が企《たくら》んでいるこの作戦は諸刃《もろは》の剣。一世一代の大勝負だからこそ、ここは石本さんにきちんと話しておかなければならない。

「下手をしたら停学を食らうかもしれない。場合によっては、非難の矛先が君に向く可能性もなきにしもあらずってところかな」

「それは……、確かに怖いかも」

「だからこれを実行するかどうかの最終判断は、石本さんに任せる。僕が強制できることでもないしね」

石本さんは少し考え込む。彼女なりにこれを実行したらどういうことになるか、ちゃんと頭の中でシミュレートしているのだろう。

「……ねえ芝草くん、もし私がその作戦に乗らなかったらどうなっちゃうかな？」

「石本さんは今までと何も変わらないままだと思う。それが良いことなのか悪いことなのかは別としてね」

「じゃあ、しぐちゃんとか、芝草くんたちは？」

「それは……、ちょっと僕にもわからないや。でも、万一失敗したら、僕はまた他の方法を考えるだけさ。生きている限り、いくらだってやり直す機会はあるから」

それは石本さんに言ったようで、自分自身に言い聞かせたような言葉だった。死なない限りチャンスは何回でも訪れるという、自己暗示のような言葉。でも、それが何回訪れるのか、どれくらい大きなチャンスなのかはわからない。だから僕が今できることは、石本さんに強い言葉で作戦に乗るよう誘うことだけ。

「一つ言えるのは、今回が最大のチャンスであるということ。それだけは君には知っておいてほしい」

僕がそう告げると、石本さんは「ちょっと考えさせてほしい」と言い残して、その場を立ち去っていく。

「……きっと石本さんが立ち上がってくれること、僕は待っているから！」

去り際に大きな声で言い放った本心とも言えるこの言葉が、彼女に届いてくれることを願う。

「おい芝草、この三日間どこ行ってたんだよ」

教室に戻ると、野口《のぐち》が心配そうに声をかけてきた。もちろん、野口以外には誰にも心配されていない。それはそれでなんだか悲しいけれど、仕方がない。

「どこって……、野暮用《やぼよう》だよ、野暮用」

「野暮用で三日も欠席するやつがこの世にいるもんかよ。お前がいないもんだから、今日のライブバトルは不戦勝みたいな雰囲気になっているぞ？」

「えっ？　それって僕らは何もせずに勝ちってこと？」

「お前の文脈を読み取る力のなさにはガッカリだよ」

三日会っていなくてもこんな冗談を交わせるのは、さすが十年来の友人といったところか。

「冗談冗談。でも不戦勝なんかにはさせないよ。むしろあっと言わせるステージにしてやるから期待しといてよ」

「本当かよ？　お前のバンドのメンバー、なんだか評判悪いらしいじゃないか。中学のときの同級生にめちゃくちゃ嫌われているとかなんとか」

「そんなのは悪意ある事実の切り抜きにすぎないよ。それが本当かどうかは、ライブではっきりする」

僕は野口相手とはいえ、まるで音楽雑誌に乗っている海外アーティストの自信満々インタビューみたいな口調で話す。

下馬評では圧倒的に陽介《ようすけ》のバンドが優勢だろう。それはもう火を見るより明らかだ。でも僕はそんなのお構いなし。どんなに劣勢でもそれをひっくり返せる力が僕らのバンドにはある。

「……全く、その自信はどこからやってくるんだか」

「まあ、自信は持つだけなら自由だからね」

「そんなに凄《すご》いって言うなら、期待しておかなきゃな」

野口は冷やかすような口調でそう言う。そうなるのは仕方がない。でもこの十年来の親友は、劣勢でも僕らに手を貸してくれる優しいやつだ。

「まあ、さすがに芝草のバンドの演奏中に閑古鳥が鳴くようじゃかわいそうだからな、俺も一肌脱いでやるよ」

「おっ、何をしてくれるんだ？　まさか文字通りシャツを脱いで『一肌脱いだ』とか言わないよな？」

「そんな寒いギャグ、やるわけないだろ。……この間言ってた例のアレ、準備万端だ」

「本当か？　それはめちゃくちゃ助かるよ！」

僕は野口の出すグッドサインに安堵《あんど》する。これが上手くいけば、僕の考えている作戦はより成功に近づく。

うずうずしながら喜ぶ僕を見て野口は、「大げさだなあ」と僕の背中を軽くポンと叩《たた》く。

準備は着々と進みつつあった。


昼休みになって僕は屋上へ向かう。階段を登って重い防火扉を開けると、いつものように時雨と理沙がそこにいた。

「よう、いつもより遅いじゃないか」

「いやいや、それは理沙と時雨がずっと屋上にいたせいだろう。僕はいつも通り昼休みのチャイムが鳴ってから来たよ」

「それじゃあ遅いだろ、フライング気味で出ないと。ラモーンズだってカウント食い気味で演奏始まるだろ？」

「あれはカウントの意味を成してないんだよなあ……」

理沙はいつも通りのパンクロックトークが炸裂《さくれつ》していたので大丈夫だ。今日も爆音でプレシジョンベースを鳴らしてくれるだろう。彼女の左手には、とんかつのチェーン店でテイクアウトしてきたであろうカツ丼の袋がぶら下がっている。ベタなゲン担ぎだ。

一方で僕が心配しているのはその隣にいる時雨。彼女はお昼ごはんのサンドイッチを小さな口でうさぎのように食べていた。

「時雨？　大丈夫？」

「大丈夫。誰にも会わずにここに来たから、ノーダメージ」

時雨は小さくグッドサインを出す。ちょっとだけ口角が上がっているように見えるのは、落ち着いている証拠だろう。

「それなら良かった。ライブまでまだ時間はあるけど、ちゃんと昼ごはん食べてエネルギー補給しておかないとね」

「それも大丈夫」

時雨はそう言って自分のランチボックスを見せつける。あろうことか、いつものツナサンドや卵サンドではなく、今日に限ってその中身はカツサンドだ。

僕は時雨までそんなベタなゲン担ぎをするとは思わず、そのギャップに笑ってしまった。エネルギーも補給できて縁起も良いとなれば、確かに一石二鳥で最高の勝負メシだろう。

「……なんか変？」

「いや、最高にイカしてると思うよ」

「なら良かった」

時雨はお決まりのはにかみそうではにかまない、少しはにかんだ顔をする。その表情をするときは、決まって調子が良い時だ。ますますライブが楽しみになってきた。どんな劣勢でもひっくり返せるどころか、大量リードでコールドゲームにできそうな気分だ。

そうして、僕も昼ごはんを食べようと弁当の蓋を開ける。今日はたまたま自分で弁当を詰めたのだけど、その中身には意図せず冷凍食品のメンチカツが入っていたから。

「なんだよ、融《とおる》までカツかよ」

「融、ベタすぎ」

「いやいや！　二人に言われたくないよ！」

とか言いながら、結局みんなベタなゲン担ぎが好きなのだなと、僕は苦笑しながら弁当に手を付けた。こういうとき、三人は良いものだ。

放課後を告げるチャイムが鳴ると、すぐさま武道場には機材類が運び込まれた。

薫《かおる》先輩が事前に段取りをしていたおかげで、音響機材のレンタルなんかも準備万端だ。普段から敏腕な人だとは思うけど、いざお祭り騒ぎになるとこの人の行動力は段違いだ。

彼女自身が旗を振って作業を指揮しているうちに、いつの間にかステージはでき上がっていく。アンプやドラムセットのセッティングをする部員のみんなも手慣れている。よほど薫先輩に鍛えられているのだろうか。

セッティングが終われば、今度はすぐにサウンドチェック。

「じゃあマイクチェックするよー、まずキックからちょうだい。その次はスネアね」

ステージの反対側、ＰＡ卓の椅子に腰掛ける薫先輩がヘッドホンをつけながらマイク越しにそう叫ぶ。彼女はＰＡもできるらしい。

ちなみにPAは「パブリック・アドレス」の略で、ざっくり言うとこのライブ会場の音響担当だ。

僕らは武道場の端で陽介たちのリハーサルの様子を見ていた。

今日の出番順は僕らが先で陽介たちが後だ。そういうわけで、後攻の彼らからリハーサルを始めるのがライブ準備のセオリー。「逆リハ」なんて言ったりする。

よく賞レースなんかでは出番が後のほうが印象に残って有利だとか言うけれど、今回ばかりは先で良かった。もし陽介たちが先攻だったならば、オーディエンスは僕らを観《み》ることなく帰ってしまう可能性もあるからだ。

できるだけ多くの観客の前で僕らのライブを観てもらうには先攻しかない。

陽介たちのバンドのリハーサルが終わり、続いて僕たちの番になる。

僕はスネアケースからチャド・スミスモデルのスネアドラムを取り出すと、リハーサルを終えて入れ違いになった小笠原《おがさわら》と一瞬だけ目があった。

彼は一周目でギタリストだったが、今回は僕が陽介のバンドに加入することを断ったおかげでドラマーへと転向した。付け焼き刃のドラムではあるが、やはり将来メジャーデビューするバンドのメンバーともなれば、いとも簡単にそれなりの技術を身に着けてくる。

演奏力だけで勝てると油断するのは、やっぱり危険だろう。

「……融、音出ししよう。ギターばっちりだよ」

「こっちも準備万端だ。デカい音を出してこうぜ」

「了解。じゃあ本番ではやらないけど、あの曲のサビだけ鳴らそうか」

二人はコクリと頷《うなず》く。

僕はスティックで八カウントを取ると、七拍目を食うように時雨がマイクに向かって叫びだす。一フレットにカポタストがついた時雨のジャズマスターからは、歪《ゆが》んだＧ♭のコードが鳴り、理沙のプレシジョンベースからはライフル銃のように真《ま》っ直《す》ぐな低音の塊が飛んできた。

——the pillows の『ハイブリッド・レインボウ』

時雨の声に合わせてキーを変えたそれは、原曲とはまた違った響きで武道場中に轟《とどろ》いた。

窓から差し込む西日と彼女のスコールみたいな歌声で、本当にそこに虹が見えるんじゃないかというくらい、僕からはこの光景がきれいに見えた。

まだお客さんは入っていないけど、それを聴いた部員たちは皆こう思っただろう。

まさか、誰も期待していなかったこのバンド——それも、一人ぼっちと不良もどきと普通のドラマーの、掃《は》き溜《だ》めみたいな存在の集まりから、こんなサウンドが飛び出すなんて。

ワンフレーズだけ演奏し終えると、僕は手を上げてＰＡの薫先輩にリハーサルの終了を告げた。

いよいよ、僕らの青春はファーストステージを迎える——。

第二十章　シャングリラ

十六時半、開場の時刻となった。武道場には徐々に生徒たちが集まってくる。受付の軽音楽部員がアンケート用紙と記入用のペンを入場者へ配っていた。

でも、用意されていたアンケート用紙は思ったより減っていない。客入りは僕の予想以上に渋いと思われる。おまけに、ほとんどの客は僕らのことなど眼中にない。大半は薫《かおる》先輩の人望で集まった興味本位の人か、陽介《ようすけ》目当てだ。僕らのお客は野口《のぐち》とその彼女くらい。彼らはステージがよく見える特等席のような場所で、三脚を立ててカメラか何かを準備していた。

場内のBGMには薫先輩の趣味であろうHelloweenというメタルバンドの『守護神伝〈第二章〉』というアルバムが流されていて、武道場とメロディックスピードメタルの癖になりそうな妙なミスマッチ具合がまた緊張感を高める。

ライブの場数だけならこの中にいる誰よりも多い僕ですら、何か魔物が潜んでいそうな異様な雰囲気に気圧《けお》されそうだ。隣にいる理沙《りさ》も、緊張に押しつぶされないよう顔が強張《こわば》っている。

「……時雨《しぐれ》？　大丈夫か？」

僕は時雨へ声をかけた。

理沙の反対隣に立つ彼女は、人混みを目の当たりにして少し怯《おび》えている。緊張感よりも不安感が強いように見える。中学のときのトラウマを抑えるので精一杯という感じだ。

「だ……、大丈夫。ステージにた、立ったらなんとかなる」

そうは言うものの、僕にはなんとかなるように見えない。やっぱり今の時雨には、何か心の拠《よ》り所《どころ》になるものが必要だ。

「時雨、よく聞いてくれ」

「……なに？」

「もしステージの上でしんどくなったり、パニックになりそうになったりしたら僕のバスドラムのキックに耳を澄ましてほしい」

僕はおまじないを教えるかのように時雨へそう伝える。

「その僕のバスドラムの音には、必ず理沙のベースが乗っかってくる。つまり、君は一人じゃないって、その音が証明しているんだ。だから大丈夫、歌えるよ」

時雨は何も言わず、こちらを向いてコクリと頷《うなず》いた。もともと透明な彼女のその瞳は、少し目が潤んで余計に透明感を増していた。

「そろそろ始めるけど準備はいいか？」

薫先輩がそう言ってくるので、僕はノータイムで「いけます！」と返事をした。

すると、場内に流れていた『Eagle Fly Free』はフェードアウトし、僕らの登場曲が流れ始める。

――The Who の『Won't Get Fooled Again』だ。シンセとハードロックが融合したような、当時はかなり前衛的な曲だったという。歪《ひず》んだギターとシンセの音が心地よい、何かが始まりそうなそんな曲。僕の大好きな曲。

僕らはステージに上がってそれぞれの楽器を手に取る。オーディエンスは静かで無関心。それでいい。

今の時雨が最高のコンディションで歌うためには、オーディエンスは好意も嫌悪もない無関心な状態が一番良いのだ。

「……融《とおる》、理沙」

時雨は一瞬ドラムセットのほうを向く。まだちょっと不安そうだ。

「絶対大丈夫」

「ああ、絶対大丈夫だ」

僕と理沙はそれだけ答える。

さあ、このライブで思いっきりその無関心なオーディエンスをぶち抜いてやろう。

僕は演奏を始めるため、ＰＡ卓の薫先輩に合図を送った。するとすぐに、登場曲はフェードアウトして場内は静まり返る。

少しの間を置いて、その静寂を切り裂くように時雨がひとことだけのタイトルコールをする。

「『シャングリラ』」

待っていましたと僕はバスドラムのキックを始める。絶対に間違えるわけがない、ＢＰＭ一三〇の四つ打ち。八拍目のキックを打つと、僕は裏打ち十六分でハイハットを刻み、偶数拍の頭でスネアドラムのど真ん中を叩《たた》く。

理沙と目が合った。そうして彼女は絶好のタイミングでグリッサンドを入れ、その手でオクターブフレーズを奏で始めた。コード進行をひと回し。最後の小節で一拍余計にフィルインを入れるのが特徴的なこの曲。それが終わると、一フレットにカポタストがついた時雨のジャズマスターからは、Ａマイナーセブンスのコードが放たれる。

僕らが選んだコピー曲、それはチャットモンチーの『シャングリラ』

彼女たちの出世作にしてガールズバンドの金字塔とも言える曲。まさかパンク大好きな理沙が選ぶとは思っていなかったけど、僕らに無関心なオーディエンスの心を摑《つか》むにはこれ以上ないキャッチーな曲だ。サビから始まる曲構成も味方してくれる。

時雨の歌声は、本家チャットモンチーの可愛《かわい》らしさとは一線を画した透明な声。でもそれは違和感を生み出すのではなく、まるで『シャングリラ』が時雨のオリジナル曲なのではないかと錯覚してしまうくらい溶け込んでいた。

これはもう、僕らの『シャングリラ』と言ってもいい。

曲は進む。温度は上がっていく。Ｃメロのマーチングバンドのようなスネアのフレーズを叩きながら僕は気がついた。無関心だったオーディエンスが、皆こっちを向いて僕らのアクトに釘付《くぎづ》けになっていることに。
二周目の奈良原《ならはら》時雨――いや、ストレンジ・カメレオンはついにヴェールを脱いだのだ。

第二十一章　カナリアボックス

まだ人が集まって来ているだけなのに、中学時代のあの悪夢が脳裏をよぎる。

怖い。逃げ出したい。

ここから逃げ出してしまえばまた楽になれる。そんなマイナスの思考ばかりが私には浮かんできた。でも、今回ばかりは逃げるわけにはいかない。もう私は一人じゃない。融《とおる》と理沙《りさ》、私を支えてくれる二人の仲間がいる。

その二人は私の歌を買ってくれていて、素直にすごいと言ってくれる。そんな大切でかけがえのない仲間のために、なんとしても恩返しがしたかった。

私はステージに上ってジャズマスターを手に取る。フロアにはお客さんの人だかりができていて、とてもじゃないけど目を向けられる気持ちの余裕はない。

私は平静を保とうと、チューニングを確認したり、ギターのノブを回したりした。でもやっぱり心もとない。思わず、二人のほうを向く。

「……融、理沙」

小さな声で二人の名を呼んだ。すると二人は、ただ一言こう言うのだ。

「絶対大丈夫」

「ああ、絶対大丈夫だ」

すぐさま融が音響席にいる部長へ合図を送る。登場曲はフェードアウトして、場内は一気に静まり返った。

融は合宿中、こんなアドバイスを寄越《よこ》した。

「ライブのＭＣは最小限でいいと思う。なんなら時雨《しぐれ》は、曲名だけコールするくらいシンプルなほうがカッコいい」

それが口下手な私のことを思ってなのか、それとも単純に様になるからなのかはわからない。でも私にできそうなのはそれくらいしかない。だったら融の言う通り、曲名のコールだけをしてみようと思った。

「――『シャングリラ』」

静けさを劈《つんざ》くようにそれだけ言い放つ。

そうして間髪入れずに、融がバスドラムをキックし始めた。

ＢＰＭ一三〇の四つ打ち。

偶然かもしれないけど、そのテンポは合宿のとき不意に融に抱きしめられたときの彼の心音にそっくりだったと思う。融の鼓動、それを追いかけるように理沙のベースがグリッサンドを入れて楽曲に加わってくる。私はそれに耳を澄ました。

――大丈夫。私はもう、一人じゃない。

スコア上、一拍分はみ出ているフィルインを融が叩《たた》き終《お》えた瞬間、私は自分のジャズマスターを思いっきり掻《か》き鳴《な》らした。

その刹那、何かが開けたような気がした。今まで内に閉じこもっていた自分の殻みたいなものが破けるような、そんな感触。不思議と、それまで私を締め付けていた恐怖みたいなものが、その手を弱めているように思えた。

歌える、今なら何も恐れずに、思いっきり歌える。

最初からフルスロットル。こんなに気持ちいいステージが、世の中にあるものなのかと私は夢心地だ。

コーラスの理沙もきれいに私の歌へハーモニーを乗せてくる。彼女の硬派なイメージからはとても想像しにくいけれども、ベースだけじゃなくてコーラスもかなり上手だ。理沙と一緒に歌えることが、何よりも嬉《うれ》しい。

融から、間奏になったらドラムセットのほうを振り返っても大丈夫だと言われたので、私は彼のほうを向いた。

不思議とすぐに融とは目があった。やっぱり彼は、笑顔で楽しそうにドラムを叩いている。

その楽しそうなドラミングはすぐに私に伝わる。楽しさの連鎖で、私も思わず笑っていたと思う。笑顔でドラムを叩く人が、私は好きだ。

あなたに会えて、本当に良かった。

曲がまもなく終わる。最後のGコードを鳴らすと、会場からは拍手が沸き起こる。

心にやっと余裕ができた私は、ふと観客のいるフロアを見渡す。気のせいではなく、お客さんがどんどん増えてきている。どうしてだろう、私たちのライブに期待をしていた人なんてほとんどいないはず。それなのに着実に人は増えている。

その理由は、観客席からガヤガヤと聞こえてきた会話でわかった。

「いやー、あんなのが校内放送で聴こえてきたら気になっちゃうよね」

「俺も俺も。思わず部活サボって来ちゃったよ」

「ねえ見た？　校内放送だけじゃなくて、学校中のモニタを全部ジャックしちゃってるみたいだよ」

「もしかして、そこのカメラで撮っている映像が流れてたの!?　すごすぎてなにかのミュージックビデオだと思っちゃった……」

誰かがこのライブの音声や映像を校内中に流している。それを見たり聴いたりした人たちが、どんどん会場へ駆けつけているのだ。

そんなことをするのは一体誰なのだろう。カメラで映像を撮影しているのは融の親友さんとその彼女さん。だから、放送室で校内ジャックを仕掛けた人が他にいる。

私の頭の中に浮かんだのは、とある一人の存在だった。

「もしかして……、美緒《みお》、ちゃん……？」

中学時代の同級生である石本《いしもと》美緒。今現在彼女が放送部に入っているというのはこの間話したときに聞いたこと。まさかとは思ったけれど、彼女以外にそんなことをやってくれる人は思い浮かばなかった。

あの中学での一連の事件があったとき、美緒ちゃんは最後まで私のそばにいた。この間もそうだ。私に降りかかる罵詈雑言《ばりぞうごん》を彼女は跳ね返そうとしてくれた。

でも、美緒ちゃんは私以外の人たちとも仲が良い。私なんかに構っていてそちらの関係を壊してはいけない。そう考えていた私は、彼女が差し伸べてくれた手を散々弾いてしまっていたことに今更ながら気づいてしまった。

とてもひどいことをしていた。いつかまた、まっさらな気持ちで美緒ちゃんとやり直せたらいいなあなんて、なんとも虫の良いことを考えていたものだ。

それでも美緒ちゃんは手を差し伸べることをやめなかった。彼女もまた、融に負けないくらいしつこかった。この校内放送ジャックがその何よりの証拠だ。これを仕向けたのは、おそらく融だろう。

このライブバトルは私たちにとって圧倒的不利であるのは間違いない。その現状を打破するため、融は美緒ちゃんへ手を貸すよう協力を求めたのだ。

校内放送をジャックなんてしたら、まず間違いなく先生方からお叱りが入る。下手をしたら停学にだってなるかもしれない。それでも美緒ちゃんはリスクを背負って、私たちのために実行してくれた。融が、理沙が、そして美緒ちゃんが、震えていた私の背中をぐっと押してくれたのだ。

その彼女の行動だけで、私は感極まって泣き出しそうになるくらい嬉しかった。

でもまだ泣くのは早い。ライブはあともう一曲残っている。

爆発しそうなこの感情を、ラストナンバーに込めてやろう。

「――『our song』」

ざわめきの中を突き破るようなタイトルコール。

ジャズマスターからアルペジオが奏でられ始めると、会場には、恵みの雨が降りだした。

みんなのために、私は歌う。

第二十二章

僕らチェンジザワールド

私たちのオリジナル曲である『our song』、そのタイトルコールを時雨《しぐれ》がすると、彼女のジャズマスターからはアルペジオが鳴り響いた。時雨の弾き語りから始まるこの曲は、序盤の殆《ほとん》どを彼女一人が担う。

私は脇目で時雨を見た。あれほどステージ下でビクビクしていた彼女は、さっきの『シャングリラ』でどうやら吹っ切れたらしい。

今度はフロアにいるお客さんを見る。

開始前よりも人数が増えているような気がした。いや、実際に間違いなく増えている。私たちが演奏していることが、どうやら校内中に知れ渡っているようだ。噂《うわさ》を聞きつけた生徒たちが、このライブを見逃すものかと連鎖的に集まってくる。

既に時雨の歌はこの武道場の枠を超えて、もっと遠くまで響いている。下手をすれば、この街だって、大海だって超えていく。そんな無敵な感じすらある。

開始前、あれほど無関心だったオーディエンスは時雨の独唱に釘付《くぎづ》けになっていた。時雨、……いや、私たち三人は、完全にこの空間の主役だ。今この瞬間、私たちは世界で一番カッコいいロックバンドだ。

こんな最高の気持ち、二人に出会えなかったら一生体感できなかっただろう。だから私はその気持ちを全力で音に乗せる。それこそが、二人に対する一番の恩返しだから。

弾き語りで進んでいた曲に、融《とおる》がリムショットを交えた静かなフレーズを重ねてくる。その絶妙なバランスを崩さないよう、慎重に、でも私らしく大胆に、ベースの音を乗せていく。

お得意のパンキッシュで真《ま》っ直《す》ぐなサウンドではないけれど、逆にそうであるからこそ考えに考え抜いた音。不器用な自分ができる事はそれほど多くない。だから私は自分の持っているものをどれだけ研ぎ澄ますか、ただそれだけに集中する。

今ここで鳴らす音は、世界に一つしかない、私なりの答えだ。それを受け止める器が、このバンドにはある。それがとても嬉《うれ》しくてたまらない。

ふと遠くを見ると、どこかで見たことのある人影があった。上下スーツで、それも普通のサラリーマンより上等なものを身に着けている。明らかに周囲とはオーラが違う、社会的地位の高そうな人影。

間違いない、あれは父さんだ。忙しい時期ゆえ、ここに来ることは難しいと言っていたのに、私たちの演奏を聴くためにやってきたのだ。

父さんの敷いたレールに乗ることが正しいと教えられ、自分の意志を上手《うま》くぶつけられずにいた私。生まれて初めて父さんへ言い放ったお願い事は、どうやら成就してくれたらしい。よく考えたら当たり前か。公約は破らない。良くも悪くも政治家気質。それが私の父親、片岡英嗣《かたおかひでつぐ》という人だ。

ライブへ来るよう父さんに頼み込んだあの夜、融を送ったあとで、柄にもなく私は泣いていた。一人きりだった私に、背中を押してくれる仲間ができたのだなと、まるで今までの自分自身を慰めるかのように泣いた。

もしもあの日、屋上で融と時雨に出会わなかったら、私はずっと一人のままだった。誰にも頼ることができず、誰にも頼られず、ただ父さんの言いなりになっていたに違いない。そんな生活はおそらく長続きなどしない。どこかで溜《た》まっていたものが爆発して、敷かれたレールどころか、人としての道を踏み外してしまう可能性も十分あった。

そんな絶望の未来なんてまっぴらごめんだ。ここで、この三人で、このサウンドで、父さんを絶対に納得させる。ベースを刻みながら、私の心の中は燃えたぎっていた。

時雨は伸びやかに歌っている。彼女の歌は天下一品だ。それだけで世界を変えられる力を持っている。しかし、時雨の歌の凄《すご》さだけがこのバンドじゃない。私は自分がこのバンドにいる意味を見つけ出そうと、この数日間躍起になった。

でもその答えは、それほど難しいことじゃなかった。

世界でこんなにもカッコいいライブができるバンドは、私たちだけ。時雨も、融も、そして私も、誰かが欠けてしまったり、他の人に代わってしまったりしたらこんな演奏はできやしない。だから小細工などせず、ありのままを父さんへ見せつけること、それがシンプルで一番効果的な説得方法だと私は思う。このベースを刻む両腕を絶対に止めたりはしない。

曲は進む。

パッフェルベルの『カノン』のように、少しずつ少しずつ、静かだった歌は盛り上がりを見せ始めた。

一回目のサビ。時雨の歌は会場中に恵みの雨をもたらす、そんな優しい歌だった。初めて会ったときは、もっと強張《こわば》っていて冷たかった印象だったけど、この短い間に劇的に変化した。時雨は自分自身を乗り越えて変わることができたのだ。

じゃあ、私はどうする？

そんなことは決まっている。今までの自分を越えていけるよう、全力で音を出す。それしかない。

サビの終わり、ここまでハーフテンポだった曲が元のテンポに戻る。融からはシンプルでタイトなエイトビートが放たれ始めた。

私の見せ所がやって来た。

汗でピックが滑りそうになり、すぐさま私は新しいピックをホルダーから一枚取り出す。弦とピックは平行にして、アサルトライフルのような私らしい直線的なフレーズを融のビートに乗せる。今の時雨を強烈に後押しする援護射撃だ。

このサウンドで、一気に勝負を決めてしまおう。

皆の高まる感情が、どんどん音になって昇華されていくのがわかる、そんなステージだ。

だから父さんにはしっかりと感じ取ってほしい。私は決して生半可な気持ちでこのバンドに臨んでなどいないことを。

第二十三章　ブルース・ドライブ・モンスター

僕らのオリジナル曲、『our song』は終盤に差し掛かる。

一周目のとき、『時雨《しぐれ》』と名付けられていたこの曲を擦り切れるほど聴いた僕にはわかる。この二つは歌のメロディこそ同じだけど、全くの別物だ。

それが時雨の青春を映すスクリーンみたいなものだとすれば、『時雨』は限りなく黒に近い灰色、無彩色。対して、今の『our song』には色がない。というより、まだこの曲に色を付けるには時期尚早すぎる。だからこれから、この三人で少しずつ、彩りを添えていく。

最後のサビ、時雨が透明感のある歌声で歌い上げる。

あんな小さな身体から、オーディエンスを驚かせるような声が出てくるのだからたいしたものだ。

ふと合宿のとき、不本意にも彼女を抱きしめてしまったことを思い出す。自分が思っていたより時雨の身体は華奢《きゃしゃ》で、弱々しかった。抱きしめる力を強めてしまったら、その細い腰なんか砕けてしまうのではないかと思うくらいだった。

一周目の時雨はその身体一つで世に飛び立っていった。あまり詳しいことはわからないけど、とても辛いことも多かったに違いない。

でももう一人で苦しむ必要なんてない。二周目の人生、この先ずっと、僕がそばにいてやる。もちろん、再び君を孤独にするようなことなんて絶対にしない。君の辛さも、苦しさも、悲しさも、そして喜びも、全部全部受け止めてやる。君の心の支えになることが、いつの間にか僕の二周目の生き甲斐《がい》になっている。

ライブは終盤も終盤。それでも、お客さんはどんどん増えている。野口《のぐち》たちが用意したカメラとマイクに取り込まれた音と映像は、放送部の石本《いしもと》さんによって全校中に拡散された。

下手をすると校内放送ジャックは停学になってしまう可能性もあっただけに、石本さんが実行してくれるかどうかは賭けだった。

でも、それは杞憂《きゆう》だった。これだけ集まったオーディエンスが、その答えでいいだろう。時雨も薄々このことには感づいているはず。ライブが終わったら、二人の関係が元に戻っていることを祈って、僕はタイトなエイトビートを叩《たた》く。

サビの歌い終わり、一番演奏に熱が入るアウトロ。時雨は足元に一つだけ置いてあるブースター代わりのブルースドライバーを踏み込んだ。

その筐体《きょうたい》は、小さな少女をまるでモンスターのように豹変《ひょうへん》させる。轟音《ごうおん》。時雨の感情が乗ったジャズマスターの音が、増幅に増幅を重ねて場内全体へ轟《とどろ》く。

とても大きくなった音を、僕と理沙《りさ》のリズム隊は全力で支えにかかる。一本足では立てなかった僕らの音が、三人になってやっと立ち上がる時が来た。

恵みの雨は勢いを増し、優しかったそれは急に牙を剝《む》く。世界をすべて洗い流すかのように、そしてまたすべてがここから始まるかのように。

テクニックもエレガントさもない、熱量だけのアウトロ。それでも僕らは今、世界で一番カッコいいロックバンドだと思う。

そうして、時雨は二フレットにカポタストがついたジャズマスターから最後のCアドナインスのコードを鳴らした。

ほんの少しの静寂が生まれる。

「――ありがとうございました」

息が上がって、絞り出すのもやっとの声で時雨がそう言う。

その瞬間、オーディエンスは待っていましたと言わんばかりの勢いで爆発的な盛り上がりを見せた。

僕は会場にいる人たちを隅々まで見渡す。来てくれたお客さんが盛り上がるのはとても喜ばしい。しかし、僕らにはこの演奏を一番聴かせたい人がいる。

武道場の入り口付近。高校の先生とは全く違う雰囲気を持った大人の男性が立っていた。他の誰でもない、理沙の父である片岡《かたおか》議員だ。彼は今忙しい時期であり、ここに来ることは難しいと言っていた。それでも理沙の執念が実り、彼は義理堅くここへやってきた。

理沙が初めて言い放った自分の気持ちというものが、どうやら抜群に効いたらしい。

僕が視線を送っていると、一瞬だけ片岡議員と目があった。彼は小さく拍手を送り、それ以外は表情一つ変えずにずっとこちらを見ていた。

全力は尽くした。今度こそ片岡議員の首を縦に振らせる事ができなければ正直お手上げだ。でも不思議と僕には、絶対に大丈夫だという確信があった。それもそうだ、こんなにも鳴《な》り止《や》まない歓声を引き起こすことができるバンドは、今のところ僕らしかいないのだから。

誰も期待してなどいなかったバンド、それも、一歩間違えたらドロップアウトしてしまいそうな三人組が、今この熱狂の渦の中心にいる。番狂わせも番狂わせだ、こんなことを予測できた人など絶対にいない。

僕らみんな、その光景に最初は驚いていた。でもすぐにそれは喜びに変わった。

時雨は後ろにいる僕のほうを向いて、飛び切りの笑顔を見せる。

表情の変化があまり大きくない時雨が、これほどまでにいい顔で僕に笑いかけてくるのだ。

「――融《とおる》、ありがとう」

「どういたしまして、時雨」

夢心地で自分が今どんな顔をしているかわからなかったけれど、多分僕は時雨に負けない顔で笑っていたと思う。それで君が喜んでくれるのならば、僕がこのバンドでドラムを叩いていく理由になる。

僕らは皆楽器を下ろしてステージから去っていく。会場の熱気はまだ落ち着きそうにない。次に演奏をする陽介《ようすけ》たちには気の毒かもしれないなと思いながら、ストレンジ・カメレオンのファーストステージは幕を降ろした。


場内はざわついたまま、陽介たちのバンド『ミスターアンディーズ』のアクトが始まろうとしていた。

僕らはステージの様子などそっちのけで片岡議員の姿を捜す。終演後に彼を見失ってしまっていたので、キョロキョロと周囲を見渡していた。もう帰ってしまったのかと思ったが、武道場の外、それも軒下で少し風通しの良いところに彼はいた。

「よかった、まだ帰っていなかったんですね」

「……いいのかい、まだ対戦相手が演奏中のようだが」

「彼らには悪いですけど、多忙な片岡議員を待たせるわけにもいかないので」

果たして急いでいるのはどちらなのだろうという僕らのそわそわした素振りを見て、片岡議員は苦笑いする。

「そんなにせかせかする必要はない。ちゃんと時間は作ってきたつもりだ」

遠回しに落ち着けと彼は言うが、やはり気が気でないのか理沙がいの一番に飛びつく。

「……父さん、前置きはいらないから、率直にどうだったか教えてほしい」

「わかったわかった。もったいぶらずに言うから、しかと聞いてくれ」

片岡議員はそう言って一旦間をとる。ドキドキしていた僕らにとって、その時間が異様に長く感じたのは言うまでもない。

「……先程の演奏、とても素晴らしかった」

思いのほか素直な片岡議員のその言葉は、なんだか嬉《うれ》しいような、むず痒《がゆ》いような、不思議な気持ちをもたらすものだった。

「圧巻だったよ。理沙とバンドをやることを認めよう」

「ほ、本当ですかっ⁉」

「ああ。あれだけのものを観《み》せられたのに否定してしまうような、残念な感性は持ち合わせていないものでな」

少し回りくどく褒めるのも片岡議員らしいなと思いつつ、この瞬間僕らは理沙とバンドができる喜びを皆で嚙《か》み締《し》めた。それと同時に鉄仮面である片岡議員の表情が、わずかにほころんだ。

「この機会に理沙……、いや、君たちに謝らなければならないことがある」

「謝りたいこと……？」

「理沙を縛り付けてしまっていることを詫《わ》びたかった。それと、もう私ではどうしようもなくなっていたところに、君たちが理沙を助けてくれたことに感謝したい」

理沙は不器用な人間だから型にはまった人生を歩むべきだと、彼は先日僕にそう言った。でもそれは片岡議員が自分自身に言い聞かせたようにも思える。

実は自分こそが一番不器用な父親であって、理沙と上手《うま》く向き合うことができていないという自覚が彼にはあるのだろう。本当は普通の父親になって、理沙を縛り付けることなく過ごしたかった。しかし、家族だけでなく県民の生活を背負う議員の身である彼には、それがどうやっても上手くいかなかった。

だから彼は理沙がバンドをやることをハナから全面否定することはせず、僕らがこの状況を打破できるかどうか賭けた。生半可な「バンドごっこ」ではなく、本気で音楽に向き合う姿勢と良い仲間がいれば、きっと理沙はこの先躓《つまず》かずに生きていけると、そこに希望を見出《みい》だした。

「理沙と君たちがバンドを始めた頃、この子は今までになく楽しそうにしていた。でも私にはそれがひとときの享楽を味わっているだけなのか、本気で音楽に向き合っているのか、判別がつかなかった。だからこんな風に君たちを試すような真似《まね》をした。本当に申し訳ないことをした」

片岡議員は僕らに向かって頭を下げた。すると、改まって理沙がこんな事を言う。

「頭を上げてくれよ父さん。融や時雨の後押しもあるけれど、結局のところ父さんがいたから私は自分の殻を破ることができたんだ。だから、私にとって父さんは、最高の父さんだと思う」

理沙の言葉を受け取った片岡議員は、何も言わずゆっくりと頭を上げる。その表情はこれから県知事になる人というより、どこにでもいる一人の父親の顔をしていた。さすがの鉄仮面も娘にそう言われてしまっては、返す言葉を探すのに苦労してしまうのだろう。

少し間をおいて、彼は僕らへ何かを託すように言う。

「だから君たちには大きな功績を上げてもらって、皆が羨むような存在になってほしい。それくらいのこと、皆ならばできるだろう？」

「――はい。もちろんです」

三人とも息が揃《そろ》って同じ言葉で返事をした。その揃いぶりが見事すぎたせいで、時雨も理沙も僕も思わず笑顔を浮かべてしまう。つられて片岡議員も笑った。

青春のやり直しへの切符がやっと手に入ったのだ。こんな清々《すがすが》しい気持ちの僕らを見たら、酒浸りになっていたあの一周目の僕はとても羨むだろう。

第二十四章　プールサイド

Band wo Kubi ni sareta boku to OSHI JK no Seishun Rewrite

翌週。学校のプールサイド。

武道場をライブ会場として使わせてもらうための交換条件として、薫《かおる》先輩はプール清掃を請け負ってしまったらしい。事の発端は僕らと陽介《ようすけ》たちであるので、当然のようにみんな体操着を身に着けてデッキブラシを携えている。これから始まるのはエアバンドでもチャンバラでもない、ただの汚れとの戦いだ。

ライブバトルの結果は僕らの圧勝だった。野口《のぐち》や石本《いしもと》さんの助力があったので不正ではないかと文句を言う人もいた。しかし、あくまでも来場した生徒が増えて投票総数が大きくなっただけにすぎないと、部長の薫先輩が全て一蹴してしまった。

一方で陽介はといえば、敗軍の将は兵を語らずといった感じできっちり負けを認めていた。一周目ではそんな様子の彼を見たことがなかったので、この一連の出来事の中で一番驚いてしまったと言っても過言ではない。

そういうわけで、見事『ストレンジ・カメレオン』は未完成フェスティバルへの切符を手にすることができた。

体操着を身にまとった時雨《しぐれ》と理沙《りさ》はデッキブラシを抱えてちょっとはしゃいでいる。天候にも恵まれたので、プール清掃という面倒くさい仕事の割には皆楽しそうだ。

もちろん、彼女たちの笑顔の裏にはちゃんとした理由がある。

あの片岡《かたおか》議員が僕らにバンド活動を行うことを認めてくれたのだ。その話をしていたときの片岡議員は心なしか嬉《うれ》しそうに見えた。心が腐りかけていた自分の娘が生き生きとしていることが親として嬉しかったのだろう。

僕がデッキブラシを持ってプールの床をこすっていると、陽介がやってきた。

「……しかし、思い出せば思い出すほど勝負に負けるっていうのは悔しいもんだな。やっぱり融《とおる》のドラムが上手《うま》いからか。今から心変わりして俺とバンドを組んでくれても良いんだぞ？」

「ははは、お世辞はよせよ。今の僕はこのバンドだけで手一杯だよ」

「ったく、どこまで謙遜するんだか。まあ、そういうところもあの二人に気に入られているんだろうな」

「どうだか」

陽介と僕はクシャッとした顔で笑う。昨日の敵は今日の友という感じで、すっかりいがみ合うこともなくなった。バンドをクビにされる以前は、よくこんな感じの会話をしていたなということを思い出す。

形は変われども、一周目で壊れてしまった陽介との友情というものもやり直せるならばやり直したいなと思う。そして、一周目での僕がなぜバンドをクビにされたのか、その真実に近づけられるならば、近づきたい。

「おーい、お前らサボってんじゃないよ」

陽介と話し込んでいると、向こうでせっせと掃除をしている理沙に呼ばれた。彼女はなんやかんやで奉仕活動には積極的というか、単純にプールで騒ぐというそんな青春っぽいことがうれしくてたまらないように見える。

まだ夏本番と言うには早いが、日差しだけは一丁前に強い。理沙の持つホースからは噴水のように水が撒《ま》かれていて、日差しと相まってところどころ虹が見える。

「ごめんごめん、ちゃんとやるから許し……、うわああ!!」

注意されたので、素直に清掃作業に戻ろうと思った矢先、理沙の持つホースが突如こちらを向いた。もちろんそこから溢《あふ》れる水も僕に向かうわけで、あっという間に濡《ぬ》れネズミへ変身を遂げる。

「悪い悪い、手元が狂った」

そんなお決まりの言い訳を理沙は言う。あんなキレキレのベースを弾くような彼女がうっかり手元を狂わせるわけがないのだ。間違いなくわざとである。

「もう……、着換え持ってきてないんだからな……」

「大丈夫大丈夫、この日差しならすぐ乾くって」

「乾くからと言っていくらでも濡らしていいわけじゃないからね！」

僕はまるで自宅の飼い犬のようにふるふると首を振るわせて水を飛ばす。犬と違ってあまり効果はないけど、髪の毛の水くらいは多少飛んでいった。

「……融、ペロみたい」

その様子を見ていた時雨にまで面白がられてしまった。時雨にうちの飼い犬のペロみたいだと言われるのは、恥ずかしいような嬉しいような、ムズムズする気持ちだ。

「融、どうしたの？」

「……いや、なんでもない」

「……？　変なの」

その透明感あふれる横顔に見惚《みと》れていたよと言いかけて思いとどまる。もう僕は単なる彼女のファンではないし、時雨だって単なる僕の推しではない。

この先の未来がどうなっていくかはわからない。でも、僕はできる限り時雨のそばにいられるように生きていきたい。だからせめて今だけは、時雨のその透明で綺麗《きれい》な横顔をずっと見ていたいなと思った。

気を取り直してプール掃除を続けようとしたところ、今度は遠くのほうからデッキブラシを持った女子生徒がやってきた。その姿には見覚えがある。

「あ、あのっ、わ、私にもプール掃除を手伝わせてください！」

「い、石本さん？」

僕のクラスメイトであり、一時期、中学時代の時雨と友達関係にあった石本美緒《みお》がそこにいた。彼女はあのライブのとき、野口とその彼女さんが撮影した映像や音声を校内ジャックして全校へと拡散した影の立役者だ。

放送部員としての権力を利用して行動を起こすのはとてもリスクがある。下手をしたら停学ものだ。それでも時雨とまた昔のように友達としてやり直したいという気持ちが、そのリスクを上回ってくれた。彼女がいなかったら僕ら今こんな笑顔で掃除なんてしていない。それくらいの活躍だった。

「うん。一緒に掃除しようよ。美緒ちゃん」

時雨はにこやかにただそれだけを石本さんに告げる。石本さんは久しぶりに見た時雨の笑顔に少し驚いて、それから彼女自身もにっこりと笑いはじめた。

聞くところによると石本さんは、懸念されていた停学は免れたらしく、放送部の顧問に叱られただけで済んだらしい。今日ここにプール掃除をしに来たのは時雨に会いに来ただけでなく、彼女なりにけじめを付けたかったということもあるのだろう。

「でも来てくれてよかった。私ね、美緒ちゃんと話したいこと、たくさんあるから」

時雨がそう言うと、石本さんは申し訳なさそうに言葉を紡ぎ出す。

「ご、ごめんねしぐちゃん……。私、いろいろとしぐちゃんに酷《ひど》いことをして……、本当にごめんなさい」

改まって石本さんは時雨へと頭を下げる。しかし、時雨はそんなこと気にしなくてもいいと、石本さんに顔を上げるよう促した。

「ううん、そんなことない。私も美緒ちゃんにつらい思いをさせちゃってごめんね。だから、今日からまた、やり直そうよ」

時雨の「またやり直そうよ」という言葉が嬉しかったのか、石本さんは感極まって泣き出しそうになる。

「しぐちゃん……、ありがとう」

「こちらこそありがとう。でも、こういうふうに元通りになれたのも、全部融のおかげだよ。だから融にも、ありがとうって言わないとだね」

時雨と石本さんは僕のほうを向く。キラーパスのように感謝の矛先が僕へと向かってきたので、びっくりした僕は足を滑らせて尻餅をついてしまった。

「ふふふ……、確かに芝草《しばくさ》くんのおかげだね」

「うん。融、本当にありがとう」

その瞬間の僕は、感謝される気恥ずかしさと尻餅の痛みでものすごい顔をしていたと思う。ここに写真部である野口の彼女さんがいなくて助かった。彼女がいたら高性能なカメラでこの面白おかしい顔をすっぱ抜かれていただろうから。

これで一段落。でも、ここで終わりではない。まだまだこのバンドは続いていく。人生という長い時間の中では、こんな時間はほんの一瞬にすぎない。

そんなほんの一瞬だからこそ、これからやってくる夏は間違いなく人生のターニングポイントだ。

暑さと日差しと焦燥感をもたらす夏。また一つドラマを引き起こしそうな、とてつもなく暑い夏が、すぐそこに迫っている。

〈了〉

あとがき

この度は拙作『バンドをクビにされた僕と推しJKの青春リライト』を手に取ってくださり誠にありがとうございます。音楽、それもバンドという難しい題材ではありますが、カクヨムコンテストにてエンタメ総合部門の特別賞という名誉ある賞をいただくことができ、とても光栄に思います。

ロックンロールにまみれた青春を送っていた私ですが、どちらかといえばコンテストで全国大会に出場した友人やメジャーデビューをした先輩方の姿を、羨ましいなと思いながら指をくわえて眺めている日陰者でした。それでも音楽にのめり込んだこの時間を何かに昇華できないかなとずっと考えていて、ようやくたどり着いたのがこの作品になります。

やはり音楽の力というのは凄《すご》いです。この作品のこだわりの一つとして、章のサブタイトルに私の好きな曲のタイトルを使っています。サブスク全盛の時代ですので、ぜひサブタイトルの曲たちを聴いていただければ、よりこの作品を深く楽しんでいただけると思います。

最後になりますが、この本を作るにあたって素敵なキャラデザとイラストを制作してくださった葛坊《くずまち》煽《あおる》先生、担当編集の笹《ささ》さん、作家仲間のみんな、無理言って小説を書く私を支えてくれた最愛の妻と娘たち、本当にありがとうございました！

バンドをクビにされた僕《ぼく》と推《お》しJK《ジエーケー》の青春《せいしゅん》リライト

著　水《み》卜《うら》みう

角川スニーカー文庫　23967

2024年１月１日　初版発行

発行者　山下直久

発　行　株式会社KADOKAWA
〒102-8177 東京都千代田区富士見2-13-3
電話　0570-002-301（ナビダイヤル）

印刷所　株式会社暁印刷

製本所　本間製本株式会社

Printed in Japan　ISBN 978-4-04-114485-5　C0193

★ご意見、ご感想をお送りください★
〒102-8177 東京都千代田区富士見 2-13-3
株式会社KADOKAWA　角川スニーカー文庫編集部気付
「水卜みう」先生「葛坊煽」先生

本書は、2022年から2023年にカクヨムで実施された「第8回カクヨムWeb小説コンテスト」で特別賞（エンタメ総合部門）を受賞した「バンドをクビにされた僕は、10年前にタイムリープして推しと一緒に青春をやり直すことにした。」を加筆修正したものです。